Bringen **Sie** mehr Freude und Licht in **Ihr** Leben

. . . gehen **Sie Ihren** Weg nicht allein

Bibliografische Information der Deutschen Nationalbibliothek:

Die Deutsche Nationalbibliothek verzeichnet diese Publikation in der Deutschen Nationalbibliografie; detaillierte bibliografische Daten sind im Internet über http://dnb.dnb.de abrufbar.

© 2018 Gerhard Jobs

Titelbild: Carina Glandorff, Foto von Lea Glandorff

Satz, Umschlag

Herstellung und Verlag: BoD – Books on Demand, Norderstedt

ISBN: 978-3-7460-7615-7

Gerhard Jobs

Bringen **Sie** mehr Freude und Licht in **Ihr** Leben.

. . . gehen **Sie Ihren** Weg nicht allein.

Inhalt

5

Vorab

Für Euch:

Diese kleine Sammlung besteht auch dieses Mal wieder aus von mir selbst erdachten verschiedenen Gedichten, Kurzgeschichten und Sinnsprüchen.
Besonderes meiner Familie, meinen Freunden und natürlich auch allen interessierten Menschen ist sie gewidmet. Die Aussagen darin sind kurzgefasst und sollen recht schnell zu tieferem Nachdenken führen.

Alles was . . .

uns hilft unserem Nächsten näherzukommen, sodass wir als Menschen uns wieder mehr einander zuwenden, ist mir wertvoll.
Dann versteht man sich besser und unser Umgang miteinander ist viel liebevoller   . . . und brauchen wir in dieser hektischen Zeit nicht diese Art des Zusammenlebens?

Viel würde sich ändern, wenn man die uns von unserem Schöpfer gegebenen Empfehlungen eines guten Zusammenlebens beachten würde.
Eine bessere Welt kann nur von vielen, von möglichst allen Menschen geschaffen werden, alle sollten mit eingebunden sein.

Wenn meine kleinen Ausführungen dazu beitragen würden, diese Eigenschaften der Nächstenliebe in vielen Menschen zu wecken, hat dieses kleine Buch seinen Zweck erfüllt.

Gerhard Jobs

Braunschweig d. 25.01.2018

P.S
Für weitere gute Anregungen, schau auch einmal unter lds.org nach.

Sehen, fühlen, riechen

Ich war auf dem Weg nach Hause, ein arbeitsreicher Tag lag hinter mir. Bewusst hatte ich einen kleinen Umweg gemacht, der mich am Stadtrand entlang führte. Nur die letzten zehn Minuten musste ich dann noch durch Häuserreihen gehen, um meine Wohnung zu erreichen. Ich hatte gerade einmal die halbe Strecke meines Weges zurückgelegt und befand mich auf einem wunderschönen Feldweg, den herrliche Sommerblumen links und rechts säumten. Ein leichter Windzug wehte mir entgegen, und er fühlte sich auf meiner Haut wie ein zartes Streicheln an. Ich bemerkte, wie die Spannung eines arbeitsreichen Tages langsam von mir wich. Es war ein typischer Spätsommertag, ich hatte meine Augen geschlossen und mein Gesicht der Sonne zugewandt. Die Wärme tat mir gut, es war nicht heiß, denn der gelegentlich zu spürende Wind ließ es nicht zu. Mit jeder leichten Luftbewegung wurde mir wohlriechender Blumenduft zugetragen. Auch hörte ich das Summen der Bienen, und es erschien mir wie ein leise gesungenes Liebeslied. All dies war eine Labsal für meine Sinnesorgane. So schön kann die Natur sein. Hat unser Schöpfer das nicht weise für uns eingerichtet? Uns mit wunderbaren Sinnesorganen ausgestattet? Wie würde unser Leben sein, wie trostlos, wie beängstigend, könnten wir nicht sehen, fühlen, riechen. Wie schön ist doch der Blick von einer Bergeshöhe auf das umliegende Land oder auf einen Sonnenuntergang am Meer. Vielleicht ist es auch das schöne Gesicht eines lieben Menschen, das mich träumen lässt. Eventuell sind es die rauen Hände, das faltige Gesicht eines alten Menschen, in das ich schaue, das mich zu Gedanken der Dankbarkeit führt. Ich erspare mir weitere Ausführungen, denn wie viel gäbe es noch zu sagen über Sehen, Fühlen, und Riechen.

Was wäre ein Leben ohne Musik, kein Wort das mir Mut zuspricht, kein Duft eines leckeren Essens, das mich lockt, oder der Schweißgeruch, der mir bezeugt, dass hart gearbeitet wurde. Wirklich bewusst wird einem erst der Wert der Sinnesorgane, wenn eines davon einem nicht mehr zur Verfügung steht. Wo bleibt für all dieses unsere Dankbarkeit? Wie oft klagen wir über Kleinigkeiten und sind uns des vielen Guten, das wir besitzen oder das uns umgibt nicht so recht bewusst.

Dankbarkeit ist eine Tugend, die einem Menschen ein gewisses Maß an Zufriedenheit gibt und ihm hilft sein Leben, eventuell auch ein gewisses Schicksal, besser zu ertragen.

. . . ich mag vielleicht drei oder vier Minuten so dagestanden und die Natur genossen haben. Meine Gedanken richteten sich nun wieder auf meinen weiteren Nachhauseweg, und doch war ich irgendwie nicht mehr derselbe, Dankbarkeit hatte mein Herz erfüllt!

Gerhard Jobs
Braunschweig den 02.08.2017

Sein Umfeld wahrnehmen können

Um wie viel ist unser Leben durch unsere Sinnesorgane schon bereichert worden. Viele würden einen hohen Preis für sie zahlen, – so auch ich, sagte der Blinde.

Menschliche Nähe!

(. . . sie ist durch nichts zu ersetzen)

Wir sind ja alle so beschäftigt. Wenn es Ostern, Pfingsten und Weihnachten nicht gäbe, würden wir kaum noch miteinander engeren Kontakt haben – vielleicht noch an einem Geburtstag. Ich meine die persönlichen Kontakte. Nur gut, dass es die modernen technischen Hilfsmittel gibt. Dank Smartphone, iPad und PC oder Skypen etc. – sind wir doch irgendwie noch miteinander verbunden. Ich meinte mehr, dass man so ein, zwei oder sogar 3 Stunden gemeinsam durch Gottes schöne Natur wandert. Vielleicht auch eine Fahrradtour, bzw. einen gemeinsamen Grill - Nachmittag erleben. Untergehakt durch Park und Altstadt geht. Einander anschaut, auf Tuchfühlung ist und das Lächeln des anderen sehen und seine Stimme hören kann. Nicht nur so eine Botschaft zwischendurch (besser als gar nichts), sondern schon etwas mehr.

Damit man sich einen wirklichen Ausgleich zu dem alltäglichen Stress schafft, um Zeit zu haben, sich zu öffnen und seine Gedanken und Gefühle miteinander zu teilen – um sich buchstäblich riechen zu können.

Bestimmt würden dadurch viele Sorgen, vielleicht sogar Ansätze von Depression und Herzeleid besser ertragen, wenn nicht sogar überwunden werden können.

Gerhard Jobs
Braunschweig den 10.04.2017

Nächstenliebe

Wer dir nicht vergibt, der hat dich nicht geliebt. - - - - , wer keine Nächstenliebe an dir übt,der hat dich zu oft betrübt. Hast du ihm, obwohl er dir nicht vergibt und dich nicht liebt, vergeben und ihn immer noch lieb?

Der Wert unterschiedlicher Meinungen
und der richtige Umgang miteinander
(Wir leben in einer unruhigen Zeit.)

Wenn wir etwas gelassener, mit weniger Emotionen beladen, unsere unterschiedlichen Standpunkte einander vortragen könnten, würden unsere Diskussionen sachlicher und mit mehr Verständnis auch für den Anderen ablaufen. Der Wert von Diskussion ist: Sie helfen uns unseren eigenen Standpunkt neu zu überdenken und die Vielfalt der Gedanken anderer mit in unsere Überlegungen einzubeziehen. Auch hat uns die Geschichte gelehrt, dass kurzentschlossene Entscheidung, wie auch das Beharren auf der eigenen Meinung, von der man meint, sie sei das Nonplusultra, nicht immer richtig sein muss. Viele unangenehme Folgen sind für Einzelpersonen, aber selbst auch für ganze Völker daraus entstanden. War beispielsweise der Tod eines Menschen, wenn er auch der Thronfolger war und es sicher bedauerlich ist, dass ein Mensch so sein Leben verlieren musste, es wert, dass ein Weltkrieg daraus entstehen konnte? Man hätte alles dransetzen müssen und dies von allen beteiligten Nationen, um den oder die Schuldigen zur Rechenschaft zu ziehen und somit das gerechte Maß der Bestrafung des Täters oder der Täter herbeizuführen. War man noch zu so einer Zusammenarbeit bereit? Wir sehen, wie wichtig es ist, Kontakt zu pflegen und frühzeitig deeskalierend zu wirken.

Selbst wenn viele Menschen mit den Zuständen, die wir in unserem Land oder in der Welt vorfinden, nicht einverstanden sind, darf man doch nur die legalen Mittel anwenden, um eine Änderung herbeizuführen. Niemand hat ein Recht auf Selbstjustiz. Sicherlich ist es schlimm, wenn man seine Ohnmacht sieht und die legalen Mittel, die einem zur Verfügung stehen, so wenig bewirken können. Aber was würde passieren, wenn jeder seine Meinung als Einzelner, wie auch als Gruppe mit Gewalt durchsetzte? Wären nicht Chaos, Elend und Krieg vorprogrammiert? Wir sehen, wie wichtig Gespräche und auch Kompromisse sind. Ich möchte hier auf die Empfehlungen der Heiligen Schrift hinweisen, auch wenn manch einer lächeln mag, eine

Umgangsform zu wählen, die die Liebe zu unseren Mitmenschen mit einschließt.

Ich glaube, dass jeder Einzelne, wie aber auch unsere uns übergeordnete Gemeinschaft, in der wir leben, gut beraten ist, besonnener und umsichtiger zu handeln und auch Meinungsvielfalt zuzulassen. Wenn wir darüber hinaus auch noch das Wohl unserer Mitmenschen bzw. das der Allgemeinheit im Auge behalten, könnten wir noch etliche friedliche Jahre miteinander erleben.

Gerhard Jobs
Braunschweig den 12.07.2017

Es braucht Mut sich zu ändern

Es gibt Licht und Schatten im Leben eines jeden. Der aber, der versucht, dem es gelingt, seine Schatten aufzuhellen, macht Fortschritt. Bestimmt ist es ihm schon gelungen, ein gutes Stück auf seinem Lebensweg voranzukommen.

Erkenntnisse und Besitz machen dich verantwortlich

So segensreich wie Erkenntnisse sein können, so können sie dir auch eine Belastung bedeuten. Denn das, was du weißt, musst du auch verantworten. Was für ein Mensch wäre ich, wenn ich ein Mittel kennen würde, das Menschen von gewissen Krankheiten befreien könnte und ich würde es nur für mich behalten! Was wäre ich für ein Mensch, wenn ich heute schon wüsste, was morgen an diesem Ort geschehen wird und ich würde mich nur selbst vorbereiten und andere in ihr Schicksal laufen lassen! Wir erkennen, was es bedeutet, mit Wissen in richtiger Weise umzugehen.

Wenn ich große Finanzkraft hätte und neben mir jemand ein armes Leben fristen müsste, was für ein Handeln würde sich bei mir aufdrängen? Auch hier bin ich für meine Finanzkraft verantwortlich. Wenn ich ein gebildeter Mann sein würde und ich jemanden kennen lernte, der nicht in der Lage ist sich Bildung anzueignen, was würde mir da gut anstehen? Darf ich ihn dort belassen, wo er steht? Hab ich nicht auch eine Verantwortung diesen Menschen gegenüber? Wenn es überhaupt einen christlichen Grundzug gibt, würde dieser mich nicht verpflichten meinen Mitmenschen, einem weiteren Kind Gottes, mit der Liebe zu begegnen, wie der Herr es tun würde? Wie könnte ich meinem Schöpfer in die Augen schauen, wenn ich die Talente und Möglichkeiten, die er mir zur Verfügung stellt, nicht auch für seine Kinder anwenden würde? Hat er nicht dafür gesorgt, dass auch mir durch andere Menschen eine gute Ausbildung, ein erträgliches Leben und sogar Hoffnung zuteil geworden ist? Wer kann es sich erlauben, sich seinen Pflichten zu entziehen? Will ich mir meine Zukunft, mein eigenes Leben durch Nachlässigkeit und Lieblosigkeit verbauen?
Will ich denn in Augen schauen und Worte hören, die mich traurig anklagen: "Warum bist du so achtlos mit mir umgegangen?"

Ich erlaube mir einen Rat: "Wenn du ein Leben führen möchtest, das dich auch in der Ewigkeit erfreuen soll, musst du hier lernen so zu leben, dass du dort eine glückliche Zukunft haben kannst!"

Willst du glücklich sein, musst du glücklich machen.
Willst du nicht traurig sein, sogar auch wieder einmal lachen,
musst du gütig sein und viel verzeih`n.

Trifft dich Schmerz, und Sorgen füllen dir dein Herz,
solltest du deine Gedanken mit anderen teilen und auch deinen Schmerz.
Dann fühlst du dich wieder etwas freier und auch nicht mehr so allein.

Dieses Leben ist die Zeit, wo du deine Zukunft gestaltest,
wo du mit dem dir Anvertrauten gut umgehen sollst und es möglichst auch gut verwaltest.
Bedenke und sei dir darüber klar, Gottes Worte helfen dir dabei, denn sie sind wahr.
Ist es nicht eine Freude, die Werte, die das Evangelium uns vermittelt,
als Lebensrichtschnur für unser Leben zu wählen.

Gerhard Jobs
Braunschweig den 24.10.2017

Er hielt meine Hand weil –

– er mich führen wollte, denn ich war noch klein.
– er mich berühren wollte, denn er liebte mich.
– ich sehr alt war, und er mein Hilflosigkeit sah.
– er mich zu sich in sein Reich der Herrlichkeit geleitet möchte,
   denn er war der Heiland unser Erlöser.

Erfolg?!

Wer bewertet deinen Erfolg? Welche Tendenz, welche Absicht hat die Jury? Wirst du mit deinem Erfolg vielleicht auf eine falsche Fährte gesetzt? Vielleicht wirst du nur weggelobt, damit man dich endlich los wird? Erfolg kann man auch in schlechten Dingen haben. Erfolg kann süchtig machen, dich in eine Bahn werfen, sodass du nur noch eine Richtung verfolgst, dich nicht weit und breit genug ausrichtest. Erfolg ist dann gut, wenn du nicht arrogant und überheblich geworden bist. Wirklicher Erfolg, ist dir dann beschieden, wenn er noch nach Jahrzehnten für dich gut war. Frage dich auch: Was verändert dein Erfolg an deinem Charakter? Und sind dies Charaktereigenschaften, die mit den Eigenschaften dessen übereinstimmen, der festgelegt hat, was gut ist? Der uns erschaffen hat, der weiß, was wir benötigen, und der die Zukunft kennt. Dienen diese Eigenschaften auch dazu, andere zum Guten zu führen, sind sie also empfehlenswert und zum Nacheifern geeignet?

Wir sehen daran, wie wichtig der Maßstab ist, der dir sagt, ob das, was du tust, richtig ist. Was meinst du, wer kann dir sagen, was richtig ist? Wer hat die Übersicht und kennt die Folgen all unseres Handelns? Ich bin mir sicher, du weißt wen ich meine, der die Macht und die Größe hat, die dafür notwendig ist. Er hilft uns, auf dem sicheren Weg zu bleiben.

Gerhard Jobs
Braunschweig den 07.04.2017

Erfolg, Neid

Ich kann mich über den Erfolg anderer freuen, oder sie beneiden, . . . in dem einem Fall meiner möglichen Empfindungen habe ich noch viel zu lernen.
Neid macht eifersüchtig, missgönnt, kann zu Verleumdung, sogar zu schlechten Handlungen führen.

15

Was man alles kann, wenn man will!

Die vierte Kerze brannte schon auf ihrem weihnachtlichen Gesteck. Dieses war ihre erste Weihnachten ohne ihren Ehemann, das erste Mal wirklich allein. Einen Weihnachtsbaum hatte sie sich nicht gekauft. Wozu auch, Besuch war nicht zu erwarten. Ihre Kinder wohnten weit entfernt, einige sogar im Ausland. Sie war ihnen eine gute Mutter und sie hatte ihre vier Kinder sehr gern. Auch ihre Kinder waren ihrer Mutter sehr zugetan, und sie alle konnten auf viele Jahre einer eng verbundenen Familie zurückblicken. Doch in der letzten Zeit hatte die berufliche Entwicklung ihrer Kinder und auch die Vergrößerung von deren Familien eine gewisse Entfremdung entstehen lassen. Dies war ihr gar nicht so aufgefallen, denn mit ihrem Mann verstand sie sich wirklich gut, sodass sie sich als eine Familie von fünf Familien empfand und alle meinten einander nahe zu sein. Es gab viele Anrufe, E-Mails, WhatsApp Nachrichten und gelegentlich sogar einen handgeschriebenen Brief. Aber nur selten sah man sich persönlich, hatte man direkten persönlichen Kontakt. Gelegentlich, wenn eines ihrer Kinder im Rahmen einer dienstlichen Aktion in ihrer Nähe war, gab es einen kurzen, herzlichen Besuch. Ansonsten hatte jeder sein persönliches Familienleben. Es waren alles moderne Familien, wie man heutzutage so lebt. Doch diese Mal war es anders, eine neue Situation hatte sich eingestellt.

Sie hatte sich das alte Album mit den vielen Bildern ihrer Familie herausgesucht, es aufgeschlagen und blickte auf Bilder, die sowohl ihren Mann als auch die Kinder im jugendlichen Alter zeigten. Da sah man, wie ihre vier Kinder am Weihnachtsbaum saßen, ihre Geschenke auspackten und Vater fotografierte dies alles. Ja, ihr Ehemann, der gerne fotografierte, hatte letztlich ihr auch dieses schöne Album geschenkt.

Wie Kinderaugen doch strahlen können, wie begeistert sie blickten, alles zeigte deutlich ihre Freude. Es waren schöne Zeiten, die sie als Familie erlebt hatten. Besonders zur Weihnachtszeit waren ihre Anspannung, ihre Erwartung, ihre Freude in ihren Gesichtern gut abzulesen.

Wo sind die Jahre geblieben? Hätte man noch bewusster miteinander leben sollen? Nein, eigentlich haben wir es in unserer Familie recht gut gemacht. Eine leichte Wehmut überkam sie, und sie war nahe daran, dass Tränen ihre Augen füllten. Doch sie war sehr beherrscht und wollte so etwas nicht zulassen.

Diesmal las sie die Weihnachtsgeschichte zum ersten Mal allein. Sie fühlte eine besondere Wärme, so als ob jemand wüsste, dass sie allein ist und sich einsam fühlt. Ob es so etwas wie eine Betreuung von oben gibt? Irgendwie verstand sie die Weihnachtsgeschichte diesmal anders, eine besondere Tiefe begann sie dabei zu empfinden. Sie blickte auf, betrachtete das Licht der Kerzen auf dem Weihnachtsgesteck und dachte bei sich: "Warum hoffe ich auf Besuch? Hat nicht jeder sein eigenes Tun? Kann ich nicht selbst etwas unternehmen? Diesmal noch nicht, für das nächste Weihnachtsfest werde ich etwas planen."

Etwa 600 km entfernt las Carlea ihre 15 Jahre alte Enkeltochter gerade in der Bibel, denn sie sollten im neuen Jahr über die Zehn Gebote in ihrer Schulklasse ein Referat halten.

Eines davon berührte sie:

"Ehre deinen Vater und deine Mutter, wie es dir der Herr, dein Gott, zur Pflicht gemacht hat,

damit du lange lebst und es dir gut geht in dem Land, das der Herr, dein Gott, dir gibt."

Irgendwie musste sie bei dem Wort Mutter an ihre Großmutter denken. War das Zufall? Der Gedanke ließ sie nicht los. Was mag Großmutter tun, jetzt zur Weihnachtszeit? Diesmal ist sie doch ganz allein? Der Gedanke bewegte sie. Sie konnte sich einfach von dem Gedanken nicht lösen und sprach mit ihrer Mutter: "Können wir nicht Großmutter zu uns einladen? Opa ist doch verstorben." "Können wir! Und was wird aus unserem Vorhaben als Familie zum Weihnachtskonzert zu fahren? Nicht einmal 5 Tage, dann ist Heiligabend, und wie wollen wir das bewerkstelligen? Eine

17

Eisenbahnkarte besorgen, vielleicht noch mit einem reservierten Sitzplatz? Wir können doch anrufen und Oma für später einladen. Vielleicht schaffen wir es noch zu Silvester. Carlea war nicht damit einverstanden, Oma nur anzurufen. Das ist für Weihnachten für Oma zu wenig, wo doch gerade erst Opa verstorben ist.

Sie erkundigte sich bei den weiteren Verwandten, ob jemand die Oma eingeladen hatte, das war nicht der Fall. Irgendwie waren alle betroffen. Oma hatte ihnen oft schöne Stunden geschenkt. Wie oft sind sie mit ihr an ihrer Hand gegangen, haben auf ihrem Schoß gesessen. Viele schöne Kinderlieder hat sie ihnen vorgesungen und auch aus guten Büchern vorgelesen. Carlea fragte alle nach der Bereitschaft, sie bei Ihrem Vorhaben, für Oma etwas Gutes zu tun, zu unterstützen. Die nächstliegende Familie versprach zu sehen, ob noch eine Möglichkeit der Teilnahme an dem Weihnachtskonzert bestand, und wollte Karten besorgen. Von der Familie aus dem Ausland wurde auf Carleas Konto ein gewisser Geldbetrag überwiesen.
Sie zählte ihr Erspartes und stellte fest, mit dem an sie überwiesenen Geld konnte es für die Aktion reichen. Sie ging persönlich zur Bahnauskunft und erkundigte sich nach einer Möglichkeit, eine Fahrkarte mit Sitzplatzreservierung zu bekommen. Ob es Glück war oder ihre Bemühungen anderweitig unterstützt worden sind sei dahingestellt. Sie hatte noch eine Karte kaufen können. Per Expressbrief hatte sie die Bahnkarte versandt. Von Carleas Bemühungen hatte Oma nichts bemerkt und nichts gewusst. Und wie überrascht war Oma, als am 22 Dezember Carlea sie anrief und fragte, ob sie zu Hause sei, denn sie würde noch Besuch bekommen. "Was redest du da, ich soll Besuch bekommen." Eine halbe Stunde später klingelte es an Omas Haustür und ein Mann mittleren Alters stand vor ihr. Er sagte: "Dies soll wohl eine Überraschung für Sie sein." Er überreichte ihr einen Brief. Oma öffnete ihn, sah die Bahnkarte und las den kurzen Text. "Oma wir lieben Dich und erwarten Dich heute Abend bei uns zu Hause, Deine Carlea." Nun war Oma doch zu Tränen gerührt, ihre so sehr gepflegte Beherrschung war einer stillen Freude gewichen.

Natürlich hatte Carlea ihre Eltern eingeweiht, und diese wollten ihr ihre Spontaneität und ihre Liebe zu Oma nicht nehmen. Auch das mit Omas Teilnahme am Weihnachtskonzert hatte noch geklappt.

Manchmal hat man den Eindruck, dass zwischen Himmel und Erde etwas geschieht, das man nicht recht erklären kann. Ob es doch mehr gibt, als man normalerweise glaubt?

Sie alle holten Oma vom Bahnhof ab, aber besonders der Glanz in Carleas Augen erinnerte sie an die Bilder ihrer Kinder aus dem Fotoalbum, die ebenfalls diesen besonderen Glanz in ihren Augen zeigten.

Bei gewissen Gelegenheiten, wenn ein fester Wille und Liebe im Spiel ist, kann man diesen besonderen Glanz in den Augen guter Mensch sehen.

Gerhard Jobs
Braunschweig den 08.01. 2018

In allem das richtige Maß, den rechten Umgang, die notwendige Toleranz!

Essen muss man, essen möchte man, essen darf man. Nur wie viel, und was, das ist schon eine wichtige Frage. Die Folgen sind uns in der Regel bekannt und doch sind wir nicht immer weise. Zu viel Körpergewicht, Gesundheitsbeschwerden, sich körperlich und geistig unwohl fühlen, sind oft die Folgen.

Jeder darf, jeder sollte eine eigene Meinung haben und sie auch einbringen. Und doch darf man seine Meinung nicht gegen den Willen anderer gewaltsam durchsetzen. Die Folgen sind uns in der Regel bekannt und doch sind wir nicht immer weise. Uneinigkeit, Konfrontation, selbst Feindschaft und Krieg können daraus entstehen.

Es ist gut, sich zu bewegen, auch Sport zu treiben, dem Körper etwas abzuverlangen. Nur wie viel, und auf welche Art, das ist schon eine wichtige Frage. Die Folgen sind uns in der Regel bekannt und doch sind wir nicht immer weise. Körperliche Leiden, ernsthafte Krankheiten können die Folgen sein.

Es ist gut ein Hobby zu haben, etwas gerne zu mögen, gewissen Dingen besonders zugetan zu sein. Und doch wäre auch hier ein maßvolles Verhalten angebracht. Zu viel Hobby, zu viel von dem, was man gerne mag, kann einem die Zeit für das Notwendige nehmen. Gelegentlich kann es abhängig und süchtig machen, sodass ein Teil seiner Persönlichkeit sich recht einseitig entwickelt und er für die wichtigen Dinge des Lebens nicht mehr geeignet ist.

Es hilft, sich die Frage zu stellen, wohin führt mich das, was ich tue und ist es den Preis wert, den ich dafür bezahle?

Gerhard Jobs
Braunschweig den 14.10.2017

Jedem gefallen?

Versuche nicht jedem zu gefallen,
denn jeder gefällt dir ja auch nicht!
. . . behalte Deinen Dir liebgewonnenen Lebensstil, so er richtig ist.
Du brauchst Dich für andere nicht zu verbiegen!

Auf die Menge kommt es an

Alles, was dich so gefangen nimmt, dass du dich davon nicht mehr
lösen kannst, stellt eine Sucht dar, selbst wenn es eine gute Sache ist.
Viel Gutes erfährst du nicht, es geht an dir unerkannt vorüber.

Den Wert von geschriebenen und ungeschriebenen Weisheiten und Regeln

Regeln helfen einem, vieles im Leben zu regeln. Nicht immer muss neu über alles nachgedacht werden, man braucht auch nicht endlos zu diskutieren. Manches hat sich halt schon bewährt -Voraussetzung ist, dass die Regeln von allen Beteiligten anerkannt worden sind.
Wie schön und einfach sind Regeln doch:

Bei Grün geht man, bei Rot steht man.
Solange jemand spricht, unterbricht man ihn nicht.
Zuerst langen die Gäste zu, und als letzter kommst dann du.
Falle niemandem zur Last, drei Tage bleibe nur als Gast.
Spricht jemand schlecht über einen anderen in seinem Zorn,
sei bedacht, Stoß nicht gleich in dasselbe Horn.
Hast einen Unfall du gesichtet, bist zur Hilfeleistung du verpflichtet.

Und viele weitere geschriebene und ungeschriebene Lebensweisheiten und Regeln gibt es. Viele von ihnen sind aus Erfahrung oder Anweisung der Obrigkeit entstanden. Einiges kommt aus uns selbst heraus, unmittelbar aus unserem Herzen.
Selbst unser Schöpfer gab uns Gebote und Regeln, und er erwartet, dass wir uns entsprechend verhalten.
Ich selbst habe gute Erfahrungen mit Regeln und für sich selbst sprechende Lebensweisheiten gemacht – selbst unsere Nachkommen haben ihren Wert nach und nach erkannt.

Gerhard Jobs
Braunschweig den 12.08.2017

Tun

Wie viel du von deinen Vorsätzen umgesetzt hast, sagt viel über dich und deinen Charakter aus.

... sich bedanken

Sich für eine gute Tat zu bedanken, ist wie für das Auto das Betanken,
... man fährt gut damit.

Regeln

Regeln machen Sachen überschaubar, machen sie kalkulierbar. Regeln bringen Sicherheit, sie bringen Ordnung in das Miteinander.

Welches ist der schönste Monat im Jahr?

Vielleicht ist es der Juli oder August, die Monate, die vornehmlich dem Urlaub vorbehalten sind?

Wo man mit den Kindern am Strand sein kann und wo sie Sandburgen bauen. Das sind wichtige Bade-Monate, wo man schön braun werden kann, – wenn die Sonne scheint.

Vielleicht ist es der September oder Oktober? Die Zeit der Ernte. Es sind die Monate, wo man die Laubfärbung besonders genießen kann. Die Monate, wo die Rentner in Urlaub fahren, denn die Familie mit Kindern sind durch die Schulpflicht ihrer Kinder mehrheitlich an ihr Heim gebunden – auch sind die Herbstferien für einen Urlaub mit Kindern oft zu kurz..

Oder ist es der November, der dir gefällt, der Monat mit üppigem Nebel, – wenn dann die Sonne gelegentlich die schönen Strahlen durch den Nebel zeichnet? Der Monat, wo schon die Winterreifen angebracht sein sollen und sie dir ein Gefühl der Sicherheit geben, denn es könnte schon glatt sein.

Es könnten auch die Monate April oder Dezember sein, die Monate, die sich besonders mit dem Erretter, mit unserm Heiland befassen. Die uns also Mut machen und Hoffnung geben und stark von Mitmenschlichkeit gezeichnet sind. Monate, wo mehrheitlich Liebesgaben verschenkt werden.

Natürlich könnte es auch der Monat Mai sein, wo die Natur schon beginnt, ihre Stärke zu zeigen. Und das Leben schon voll erwacht ist. Wo man geneigt ist, auch gerne ein Leben zu zweit zu beginnen. Wo Gefühle der Zuneigung unsere Lebensgeister geweckt haben und uns mutiger in die Zukunft schauen lassen.

Lieben Sie es vom Kalten in die warme Stube zu kommen? Wenn alles in der Regel mit einem schönen Weiß bedeckt ist? Der Schnee unter ihren Schuhen knirscht? Sie gerne mit ihren Kindern Schlitten fahren gehen wollen, vielleicht auch Ski fahren? Wo sie sich freuen, wenn Kinder einen Schneemann bauen oder einander Schneebälle zuwerfen. Wie schön können die Eisblumen am Fenster sein. Lieben Sie es so? Dann sollte der Januar oder Februar ihr Lieblingsmonat sein.

Haben Sie einen Schrebergarten? Ein Garten hinter dem Haus? Sind Sie ein Landwirt, dann sollte mit der Vorbereitung der Felder begonnen werden, sodass sie auf eine gute Ernte hoffen können. Auch sind etliche der früh blühende Blumen, die sie erfreut haben, immer noch am Blühen. Ja, auch der März kann ein schöner, wenn nicht sogar ihr schönster Monat sein. Vielleicht lieben sie auch die Zeitumstellung, – na ja.

Wie wäre es mit dem Juni? Der Monat, wo der Sommer beginnt? Vielleicht ist es ja ihr Geburtstagsmonat oder sie lieben den Junikäfer? Auch wenn der nicht so bekannt ist wie der Maikäfer.

Sie sehen schon, wer die Wahl hat, der hat auch die Qual. Es ist gar nicht so leicht, sich zu entscheiden. Wir Menschen sind mit unseren Empfindungen, Neigungen und Ansichten, ja auch so unterschiedlich - und das ist gut so. Das bedeutet Abwechslung, das lässt uns an Andere viel Interessantes finden, das beflügelt unsere Gedanken.

Jeder darf seinen eigenen Lieblingsmonat des Jahres finden.

Eigentlich liegt es an uns, an unsere Einstellung, unserer eigenen Persönlichkeit, was wir lieben und was wir für wertvoll halten. Diese Freiheit lassen wir uns auch nicht nehmen, – unsere Empfindung, unsere Gedanken, unsere Persönlichkeit ist mit unser bester Besitz, sie zeigen unter anderem auf, wer wir sind und was uns viel bedeutet.

Gerhard Jobs
Braunschweig den 21.04.2017

Mai

Der Mai ist so ein schöner Monat, es blühen z.B. Flieder, Rhododendron, Goldregen, Weiß- und Rotdorn und viele weitere Pflanzen. Die Kraft der Sonne ist schon stark fühlbar. Die Natur heißt uns herzlich willkommen, – so wollen auch wir unseren Nächsten herzlich willkommen heißen!

Jahreszeiten

Eigentlich hat jede Jahreszeit ihren Reiz. Bloß was jeden Einzelnen reizt, das lässt ihn seine Lieblingsjahreszeit finden und das ist auch gut so.

Vieles im Leben hat seine Zeichen!

Dass man alt geworden ist, sieht man u.a. daran, dass man anfängt, alles zu verschenken. Eine neue Erkenntnis der Werte hat eingesetzt. Vieles, was einem so wichtig erschien, ist auf ein normales Maß zurückgegangen. Auch muss man nicht mehr alles erleben, alles erhaschen wollen, selbst das Reisen beginnt nach und nach seinen Wert zu verlieren.

Was ist richtig? Alles zu sammeln, anzuhäufen, um möglichst vieles schnell parat zu haben? Oder gelassener, vielleicht sogar gleichgültiger, dem Leben gegenüberzustehen? Oder hat alles seine Zeit und war es doch richtig, eine Zeit gehabt zu haben, wo man aufbauen und besitzen musste? Es werden im Leben verschiedene Phasen durchlaufen und das scheint wohl auch richtig zu sein. Ja, alles hat seine Zeit, – und das ist gut so.

So deutet einiges von deinem Handeln im Leben auf deine geistige Entwicklung und Reife hin und dies zeigt sich in deinem Verhalten. In höherem oder hohem Alter zeigt sich dies darin, dass man immer mehr von den Dingen dieser Welt loslässt. Das Interesse an den Dingen des Lebens, die vorher für dein Denken und Handeln bestimmend waren, nehmen immer mehr ab, bis es letztlich dazu führen kann, dass man in einer gewissen Apathie (Teilnahmslosigkeit) auf seinen Tod wartet. Es ist eine Art sich vom Leben zu lösen. Bestimmt ein vom Schöpfer gewollter Zustand, der es einem leichter macht, von den Dingen der Welt zu lassen und sich auf eine bessere Welt zu freuen.

Sicher läuft das nicht bei jedem genau so ab und doch sind die Tendenzen und Entwicklungen deutlich zu erkennen.

Klug ist der, der sich nicht mit Gewalt gegen die Veränderung, die das Älterwerden mit sich bringt, zu stemmen versucht. Wie viel Schmunzeln oder auch Kopfschütteln gibt es, wenn man sieht, wie einige Menschen mit Gewalt versuchen, jung zu bleiben. Eine ganze Industrie und Schönheitsstudios leben davon, und oft kann man dann maskenhaft wirkende Menschen von diesen Einrichtungen auf die Straße treten sehen.

Doch es ist schön und auch richtig, dass jeder selbst entscheiden darf, wie er aussehen und an was er sich klammern möchte.
Sehen Sie diese kleinen Ausführungen mit einem kleinen Zwinkern im Auge.

Gerhard Jobs
Braunschweig den 08.04.2017

... klagen?

Sich beklagen und jammern ohne wirklichen Grund macht nur Sinn, wenn Du einen Dummen findest, der Dich bemitleidet.
Suche lieber nach Lösungen für Dein Problem, dann hast Du Deine Zeit sinnvoll genutzt.
- - - oder schau auf Menschen, denen es schlechter geht als Dir.

Alles was du machst hinterlässt Spuren

Dein Handeln, dein Sprechen, deine Vorlieben, dein Äußeres offenbart einem guten Betrachter sehr viel von dir. Ständig zeichnet man ein Bild von sich.

Angst?

Naturkatastrophen, Krankheit, Kriege, große Menschenmassen, die auf der Flucht sind, davon hören wir sehr oft. Ist mein Arbeitsplatz noch sicher? Haben meine Kinder noch eine Zukunft? Schädliche Substanzen werden verlockend angeboten. Viele falsche Heilsbringer, Demagogen und Schwarzmaler sind überall zu finden. Und wer garantiert mir, dass der nächste Mensch, dem ich begegne, nicht eine Bedrohung für mich ist?

Ja, oft sind die Nachrichten, die wir hören, bedrohlich, und leider geschieht auch viel Schlimmes auf dieser Welt.

Und solche Ängste können quälend sein.

Doch ist Angsthaben die Befreiung? Schafft das Angsthaben eine Änderung? Verleiht mir das Angsthaben mehr Sicherheit? Die Antwort wissen Sie schon: „Nein".

Eine absolute Sicherheit gibt es nicht. Wir müssen lernen, mit der Angst zu leben und darauf achten, dass sie uns nicht überwältigt. Angst lähmt nur. Sie würde uns auch letztlich krank machen. Und doch wissen wir, dass wir uns nicht gänzlich von ihr freimachen können.

Sie ist als eine natürliche Reaktion in uns verankert. Was hilft uns sie wenigstens einzudämmen? Sodass wir zu einer gesunden Balance zwischen Angst und Lebensmut gelangen? Hier hilft Gemeinschaft und auch ein genauerer Blick in unser Umfeld. Um mit anderen zusammen die Ursachen dieser widrigen Umstände zu diskutieren und auch Lösungen zu suchen. Auch sollten wir bewusst unseren Blick auf das Gute in der Welt richten. Viele Menschen sind in Vereinen und Organisationen wie auch in der Kirche ehrenamtlich tätig. Auch haben viele noch nicht ihren Blick für die Trauer und Einsamkeit anderer Menschen verloren. Es geschieht viel Gutes. Leider wird dies nicht oft genug zur Kenntnis gebracht. Man will bescheiden sein und im Stillen wirken. Das Negative ist viel schlagzeilenträchtiger, darum wird es viel mehr erwähnt und auch viel zu sehr betont.

Wir haben viele Menschen, die sich um ihren Nächsten bemühen, und natürlich können wir noch mehr brauchen, die sich um Notleidende kümmern.

Wie schön war es doch, wenn man als Kind sich zu seiner Mutter oder seinem Vater flüchten konnte, wenn man sich bedroht fühlte. Wenn sie schützend ihre Hände um einen legten und einem Mut zusprachen. Auch würde ich raten nicht zu vergessen, dass es noch jemanden gibt, der uns Geborgenheit in unser Herz bringen kann. Alles was uns umgibt und von unserem Schöpfer stammt, zeigt seine Allmacht und auch seine Liebe. Hat er nicht die Welt für seine Kinder erschaffen? Bedenken wir, alles, auch unser Leben ist in seinen Händen. Wir müssen ihm vertrauen, dass das Schicksal der Menschen, das seiner Kinder, ihm viel bedeutet.

Wenn alle Menschen tun würden, was er in seinen Geboten und weiteren Anweisungen, die er uns gegeben hat, befolgen würden, wäre für die meisten Probleme schon eine Lösung in Sicht.

Wenigstens keine Kriege, denn er hat Frieden geboten. Menschen müssten nicht verhungern, denn die Erde bringt ausreichend Ernte hervor. Das Verteilen ist unsere Aufgabe.

Selbst in unserer Arbeitswelt würde vieles anders aussehen. Auch würden nicht einige wenige ein Großteil des ganzen Geldes besitzen. Und jeder wird auf den Vorteil seines Mitmenschen bedacht sein.

Wie viel Gutes würde entstehen, wenn sich die Menschen mehr lieben würden.

Gerhard Jobs
Braunschweig 13.02.2017

Habe keine Angst

Das, was dich erschreckt und ängstigt, ist oft das, was du nicht kennst oder nicht verstehen kannst.
Je mehr du etwas kennenlernst und es somit auch besser verstehst, desto leichter kannst du es einordnen.
Es kann dir die Angst davor nehmen, und vielleicht erkennst du jetzt erst seinen wirklichen Wert.
… dies ist auch so im Umgang mit fremden Menschen.

Wie viel darfst Du an Dich heranlassen?

Nicht alles kannst du an dich heranlassen, die Last eines jeden tragen wollen. Wir haben nur begrenzte Kraft, die allerdings solltest Du schon für deinen Nächsten einsetzen, denn es gibt Zeiten, wo auch Du ihn brauchst.
Denke daran, es gibt aber einen, der die Kraft dazu hat. Er hat unsere Sorgen, Nöte und Probleme schon getragen. Auf ihn darfst du deine Lasten legen.

Bericht erstatten

Im beruflichen Leben wird erwartet, dass man über seine geleistete Arbeit Bericht erstattet. Damit an höherer Stelle, die weiteren notwendigen Planungen durchgeführt werden können.
Auch im Privatleben ist es zumindest gelegentlich notwendig, dass man einander berichtet. Und da erwarten wir von unseren Kindern oftmals auch einen Bericht, zum Beispiel über das, was sie in der Schule gelernt haben und welche Aufgaben von ihnen zu erfüllen sind.
Welchen Wert hätten eine Zeitung, die täglichen Nachrichten oder alle weiteren Bekanntmachungen, wenn es nichts zu berichten gäbe. Auch ist es notwendig, dass unsere Politiker von dem, was sie tun bzw. vorhaben einen Bericht geben, dem Volk zur Information.
Oftmals gestalten wir unser Leben aufgrund von Informationen, die uns zugänglich gemacht worden sind.
Noch intensiver berichtet, ja in einer fast aufdringlichen Form, die Werbung. Da wird uns ja regelrecht suggeriert, dass wir ohne diese neuen Erkenntnisse kaum noch ein sinnvolles und sicheres Leben gestalten können.
Einen Punkt darf man dabei nicht außer Acht lassen: "Entspricht die Information, die wir erhalten oder auch geben, der Wahrheit?!". Denn viel zu oft wird und wurde das Berichten auch zur Manipulation der Volksmeinung benutzt. Wie eigentlich bei fast allem im Leben, ist die Wahrheit bzw. die Unwahrheit von entscheidender Bedeutung dafür, wie es Menschen ergeht und was sie auf der Erde erleben müssen.
Wir können daran sehen, welchen Wert Berichte haben können, um uns einerseits zum Guten zu führen bzw. andererseits sich zerstörerisch auf uns auswirken.
Selbst nach unserem irdischen Leben wird das Berichterstatten nicht aufhören.
Denn auch unser Schöpfer erwartet von uns einen Bericht über unser Leben, nämlich dann, wenn wir ihm nach dem Tode gegenüberstehen werden.
Eigentlich ist das Berichten überwiegend positiv zu sehen. Es gibt uns Denkanstöße, Informationen und in vielen Fällen auch Orientierung.

Fühlen wir uns selbst verpflichtet in allem einen wahrheitsgetreuen und ausführlichen Bericht zu geben? Denn letztlich steht und fällt vieles, wenn nicht sogar alles, mit der Wahrheit.

Gerhard Jobs
Braunschweig den 08.08.2017

Wo ist dein Beitrag?

Wenn du absichtlich nichts zum Leben in der Welt beiträgst, braucht sie dich auch nicht.

Auch dein Beitrag zählt

Jeder sollte seinen Beitrag leisten, dann haben alle etwas voneinander und das ist es, was in einer guten Gemeinschaft zählt. Dadurch wird die Einigkeit gefördert und auch die Wertschätzung füreinander.

Ist nicht jeder irgendwie einsam?

Von der gelegentlichen Einsamkeit, die jeden hin und wieder trifft, einmal ganz abgesehen, bist du es doch fast ständig – oder nicht? Du, der letztlich allein entscheiden muss und auch die Folgen zu tragen hat. Selbst wenn dir viel Rat zuteil wird, musst du immer noch allein entscheiden. Macht das nicht einsam?

Soll ich oder soll ich nicht? Kann ich es wagen, oder soll ich es noch einmal überdenken? Was danach folgen würde, kann mich schon hart treffen, und wer wird dann schon für mich die Verantwortung übernehmen? – Niemand.

Von der Einsamkeit im Alter, die oft entsteht, weil der Ehepartner verstorben ist, wie auch die meisten deiner Verwandten, Bekannten, Freunde, die normalerweise auch schon betagt sind – davon ganz zu schweigen. Was dann noch für dich an Freundschaft verbleibt, ist meistens nicht viel.

Hat dich das Schicksal in der Form getroffen, dass dein Partner sich von dir scheiden ließ und man sich fragt: "Warum konnte ich das nicht verhindern? Bin ich wirklich so ein schlecher Mensch?"

Selbst in jungen Jahren, wenn du unglücklich verliebt bist, kann dir keiner den Schmerz nehmen. Du musst diese Trauer selbst ertragen – und fühlt man sich dann nicht einsam, oft verlassen und allein?

Allein schon wenn man sich verlassen fühlt, warum auch immer, ist man einsam.

Man kann sich schon fragen, warum einem hin und wieder Einsamkeit widerfährt? Warum kann man nicht ständig glücklich sein? Immer wohl geborgen, von lieben Menschen umgeben?

Im Leben entstehen Situationen, die oft schmerzhaft sind, weil jemand seine freie Entscheidung gebraucht oder indem man sie selbst verschuldet hat. Und das dieses schmerzhaft ist, das weiß eigentlich jeder.

Auch im Plan unseres Schöpfers sind Gegensätze vorgesehen. Erst durch die Gegensätze bekommt eine Sache Gewicht, sein Spektrum, seine Bandbreite. Dadurch sind wir veranlasst zu beurteilen und Entscheidungen zu treffen.

Es scheint für unsere Entwicklung wohl wichtig zu sein, auch Phasen der Einsamkeit durchlebt zu haben. Nehmen wir unser Schicksal an, resignieren wir nicht, suchen wir Kontakt, denn es gibt etliche, die sich in der gleichen Lage befinden. Sich zurückziehen und trauern, das ist nicht die Lösung.

Selbst wenn es zu einem gemeinsamen Sich-Beklagen kommt – ist man selbst und zumindest noch jemand da, also beide sind nicht mehr allein. Und wenn man es noch fertig bringt, nicht beim Sich-Beklagen zu verbleiben, sondern nach gemeinsamen freudigen Erlebnissen trachtet, hat man einen guten Weg gefunden, die Stunden der Einsamkeit drastisch zu reduzieren.

Gerhard Jobs
Braunschweig den 01.09.2017

Trauer

Die Trauer, die dich ergriffen hat, kann die Grundlage für ein erneutes Hinterfragen nach dem Sinn des Lebens für dich sein. So kann selbst das Trauern dich erheben und gut für dich sein.

Wärme in mir

Alles weiß, vom Schnee bedeckt ist die Natur, der Boden hart gefroren. Man könnte meinen, alles sei ohne Leben. Doch das täuscht. In mir fühle ich Wärme, mit der ich kalte Herzen berühren und erwärmen kann.

Physische Kälte

Solange es nur die physische Kälte ist, ist es nicht so gefährlich (tragisch), dagegen kann man etwas tun. Wenn es sich um "Herzenskälte" handelt, besteht Handlungsbedarf, dagegen sollte man etwas tun.

. . . alles wird wieder gut

Das ist mir alles viel zu schwer,
wo bekomme ich denn nur Hilfe her?
Sieht es denn keiner, ich leide doch sehr,
ich bin doch so bedrückt, ich fühle mich einsam und so leer.
– glaubst du nur du leidest, auch andere leiden vielleicht noch mehr.

Weine nicht, du bist nicht allein,
irgendwo wird auch noch jemand traurig sein.
Irgendwo fühlt auch jemand sehr viel Leid,
du bist nicht allein, ihr seid nun schon zu zweit.
– hoffentlich ist die Distanz zwischen euch nicht zu weit.

Kannst du das Problem wirklich nicht lösen?
Ist es so verzwickt, mit vielen Haken und Ösen,
verbunden mit Risiko oder gar mit Bösem?
Lass nicht nach, bestimmt ist es doch zu lösen.
– du löst es nicht durch Nur-so-vor-sich-hin-zu-dösen.

Die besten Ideen kommen dir beim Tun,
beim Sich-Bewegen, weniger beim Ruh´n.
Du hast durch deinen Einsatz es letztlich doch vollbracht,
und sogar aus der Niederlage einen Erfolg gemacht
– es geht doch, nicht mehr geweint, dafür endlich wieder einmal
herzlich laut gelacht.

Gerhard Jobs
Braunschweig den 02.09.2017

Gehen wir nicht aneinander achtlos vorüber

(... wir brauchen einander!)

Es war kein schöner Tag, ein leichter Nieselregen hatte sich eingestellt und doch hatte sie sich die Hundeleine geschnappt und war mit ihrem Hund in den Park gegangen. "Was sein muss, muss nun einmal sein", dachte sie bei sich und gab dem Hund mehr Leine, in der Hoffnung, dass er bald das tun würde, warum sie mit ihm in den Park gegangen war. Der größere Freiraum, den sie ihm gab, hat ihn nicht veranlasst, die von ihm erwarteten Bedürfnisse zu erledigen. Lieber ging er gewissen Gerüchen nach und dachte nicht daran, das zu tun, warum das Mädchen mit ihm in den Park gegangen war.

Ein wenig später traf sie einen älteren Mann, der ebenfalls seinen Hund ausführte. "Hat Sie ihr Hund bei diesem unangenehmen Wetter auch hier in den Park geführt?", fragte der ältere Herr. "Leider, ich könnte mir auch etwas Besseres denken, "antwortete das Mädchen,"

"Vielleicht ist es ganz gut, dass wir gelegentlich Dinge tun müssen, auch wenn sie nicht gerade unseren augenblicklichen Wünschen entsprechen." Dabei blickte er das Mädchen an und lächelte.

"Was habe ich denn noch, dieser Hund ist mein einziger Begleiter. Man kann mit ihm sprechen und er scheint mich auch zu verstehen, zumindest bin ich der Meinung. Vor allem, ich bin nicht allein und habe noch die nötige Bewegung."

"Ich brauche meinen eigentlich nicht. Als ich zwei Jahre jünger war, war so ein Hund ein großer Traum von mir. Jetzt ist er mir nur noch eine Last. Ich muss mindestens morgens und abends mit ihm rausgehen. Dies macht mir keinen Spaß. Auch hätte ich gerne mehr Zeit für andere Dinge, die ich gerne tun möchte."

Endlich hatte ihr Hund sein Geschäft gemacht. Sie stutzte und dachte: "Auch das noch, ich habe gar nichts mitgenommen, um den Hundekot einzusammeln und ihn vorschriftsgemäß zu entsorgen." Der ältere Herr bemerkte ihr Zögern, erkannte die Situation, lächelte und reichte ihr eine der dafür vorgesehenen Tüten. Sie sagte "Danke", und fuhr

fort, "sonst habe ich aber immer eine Tüte mit dabei, – ich weiß, was sich gehört."
Dieses war nicht das einzige Mal, dass sie sich trafen. Nach und nach wurden ihre Gespräche persönlicher, und man freute sich schon darauf, sich zu treffen. Besonders das Mädchen, das nur mit ihrer Mutter lebte – denn ihr Vater hatte sich von ihrer Mutter getrennt – fand es gut, auch mit einem Mann zu sprechen, obwohl er ihr Großvater hätte sein können. Besonders seine ruhige und besonnene Art, seine guten und lieb gemeinten Ratschläge gefielen ihr.

"Bin ich wirklich so hässlich? Bin ich unhöflich, ein Nichtsnutz?" Dabei blickte sie ihn fragend, mit traurigen Augen an. "Wie kommst Du auf so was? Du bist freundlich und nett zu mir, einem älteren Mann, und ich glaube, dass Du auch zu anderen so bist." "Meine Mutter sagt immer so etwas zu mir und noch ganz andere Dinge, die ich nicht sagen möchte. Ich bin doch nicht schuld, dass ich auf der Erde bin. Ja, ich bin schon gelegentlich einmal unorganisiert und nicht immer ist mein kleines Zimmer sauber. Aber wenigstens einmal in der Woche mache ich gründlich sauber und auch sonst liegt nichts unnötig herum. Auch weiß ich, dass ich gut fünf Kilo leichter sein könnte, dann brauchte ich nicht immer zu hören:
"Iss nicht viel, Du wirst zu fett. Auch hättest Du dann keine Pickel im Gesicht. Glaubst Du, dass jemals ein Mann Dich schön finden wird?"
Ihre Sorgen sprudelten nur so aus ihr heraus.

Ganz ruhig und sehr freundlich sagte und erklärte ihr der ältere Mann, wie er sie sehen würde. "Ob Du zu Hause sauber machst oder nicht, das kann ich nicht beurteilen. Und doch meine ich, so wie ich Dich kennengelernt habe, dass Du bestimmt saubermachst, so wie Du es mir erklärt hast. Ich glaube Dir. Und was Dein Etwas-zu-dick-sein und die Pickel in Deinem Gesicht betrifft, kann ich Dir raten: "Iss tatsächlich etwas weniger, besonders was die Süßigkeiten betrifft. Das mit den Pickeln, wird sich schon ganz von alleine lösen. Vielleicht kannst Du sogar froh sein, dass Du Deinen Hund noch hast.
Er verschafft Dir Bewegung und er verurteilt Dich nicht."
Wie wichtig es doch ist, sich einmal aussprechen zu können, als ein wertvoller Mensch erkannt zu werden, vorurteilsfrei, aber ehrlich

seine Fragen beantwortet zu bekommen. Manchmal muss es halt auf Umwegen, vielleicht wie hier, mittels eines Hundes geschehen. Seien wir dankbar, dass es Menschen in unserer Nähe gibt, die auch den Mut haben, ein Gespräch zu suchen.

Gerhard Jobs
Braunschweig den 27.10.2017

Der Wert eines Menschen

Den Wert der Menschen kann man nicht hoch genug einschätzen, denn vieles, von dem was man auf der Erde vorfindet stammt von ihnen, wurde von ihnen erschaffen. Du legst dich doch eigentlich in ein schon für dich gemachtes Bett. Wie dankbar bist du deinen Mitmenschen, ganz zu schweigen dem der alles erschaffen hat.

Jeder braucht mal ein offenes Ohr
(Was ein liebes Wort hätte bewirken können!)

"Lassen Sie mich doch endlich in Ruhe mit Ihrem Gequatsche. Behalten Sie ihren Schrott doch für sich. Ich habe meine eigenen Sorgen und wenn Sie irgendwelchen Trost brauchen, suchen Sie jemand anderen, ich bin nicht der richtige Ansprechpartner für Sie. Dass wir zusammen in einer Firma arbeiten und wir in das gleiche Team gestellt wurden, ist doch nicht meine Schuld. Ich möchte meine Ruhe haben. Behelligen Sie damit doch jemand anderen, vielleicht möchte der Ihnen ja zuhören und könnte sogar Ihnen noch einen guten Rat geben."
Ohne einen weiteren Kommentar abzuwarten, wandte ich mich um und ging fort.
In den nächsten Tagen bin ich ihm aus dem Weg gegangen, nur Notwendiges, Dienstliches wurde noch besprochen.
Jedes Mal wenn unsere Wege sich kreuzten, schauten wir uns kaum an und doch merkte ich, dass er von Mal zu Mal immer trauriger wurde. Und jedes Mal kam mir meine Ablehnung, die ich ihm deutlich gezeigt hatte, wieder in Erinnerung. Ich bin nun einmal nicht der Typ, der sich mit den Sorgen anderer gerne beschäftigt. Nach meiner Einstellung muss jeder sein eigenes Leben selber regeln und mit seinem Schicksal fertig werden. Nach einigen Tagen bemerkte ich, dass er nicht in unserem Team zu sein schien, denn ich konnte ihn nirgends erblicken. Irgendwie fühlte ich mich erleichtert, denn ich brauchte nicht zu befürchten, dass er mich eventuell doch wieder ansprechen würde und auch sein trauriges Aussehen war mir nicht mehr vor Augen. Und doch konnte ich irgendwie meine Gedanken nicht von ihm lassen. Vielleicht hätte ich nicht ganz so barsch sein sollen und hätte etwas verbindlicher zu ihm sein können.
Hast du schon gehört, sagte einer meiner Arbeitskollegen, was mit Peter Frenzel passiert ist? Der liegt im Krankenhaus, er hat einen Suizidversuch unternommen – hat wohl nicht geklappt und die versuchen ihn wieder aufzupäppeln. Vielleicht kommt er sogar in die Psychiatrische. Offensichtlich gab es wohl niemanden, der ihm helfen konnte, seine Probleme zu lösen, und ob ich hätte helfen können, da

bin ich mir nicht sicher. Vielleicht hätte ich es versuchen sollen, aus irgendeinem Grund hatte er wohl Vertrauen zu mir gefunden. Eine ganze Weile gingen mir noch solche Gedanken durch den Kopf. Und es gelang mir nicht recht, unbeschwert zu meiner täglichen Arbeit zurückzufinden.

Ich besuchte ihn, und fragte: " Was wollten Sie eigentlich von mir? Er schwieg eine ganze Weile, dann sagte er: "Ich habe Sie eine Weile beobachtet, wie nett Sie zu uns Arbeitskollegen von Ihrer Familie sprachen, dass Sie gelegentlich von Ihrer Frau von der Arbeit abgeholt wurden und wie liebevoll sie Ihre Kinder umarmt haben. Ich habe mich wirklich eine ganze Weile nicht getraut, Sie anzusprechen, doch dann, es war an einem Freitag und kurz vor Feierabend, da fasste ich Mut. Als Sie mir eine kleine Weile zugehört hatten, war ich bereit Ihnen von meinen Sorgen und Problemen zu berichten. Doch ich habe Sie wohl zu sehr damit überfallen, bedrängt, vielleicht auch gelangweilt – denn es war ja Freitag und das Wochenende stand bevor. Bestimmt wollten Sie nach Hause gehen oder Sie wussten, dass höchstwahrscheinlich Ihre Frau Sie wieder abholen würde. Sie gaben mir dann auch deutlich zu verstehen, dass ich Sie mit meinen Sorgen einfach überfordert habe und Sie haben sich von mir abgewandt. Es tut mir leid, dass ich meinen Redeschwall nicht habe bremsen können. Ich wollte Sie mit meinem Sorgen nicht erschlagen – ich bitte um Entschuldigung.

Er blickte mich an, und ich konnte in seinen Augen lesen, dass er Hilfe brauchte und doch auch Angst hatte weiterzusprechen, um mich nicht wieder zu sehr mit seinen Sorgen zu überfallen. Eine Weile schwiegen wir beide, dann sagte ich: "Heute habe ich mir etwas Zeit genommen und vielleicht würde es Ihnen ja gut tun, wenn Sie mir ein wenig Ihr Herz ausschütteten. Und wenn es mir zu viel wird oder ich erst einmal drüber nachdenken muss, würde ich das einfach kundtun." Dankbar schaute er mich an und sagte: "Sie sind der Erste, der von der Firma bei mir erschienen ist. Und ich muss ehrlich sein, ich habe mit Ihrem Besuch nach den deutlichen Worten, die Sie gefunden hatten, nicht gerechnet. Danke!"

Gerhard Jobs
Braunschweig den 04.08.2017

41

Gemeinsamkeit

Gelegentlich ist es gut allein zu sein, aber auf lange Sicht ist
Gemeinsamkeit viel erbauender und viel beglückender.
. . . erkenne in deinen Mitmenschen etwas Wertvolles.

Freude

Die größte Freude ist es doch, wenn auch noch jemand sich mit dir
freuen kann.
"Gemeinsam freut es sich besser!"

Der Name!

Der Name, den du trägst oder unter dessen Kennung du dich stellst, wird für dich zur Identifikation.
Es kann ein besonderer oder ein gewöhnlicher Name sein, der weit verbreitet ist. Durch deine Person, dein Handeln, deine Art zu leben, gibst du diesem Namen seinen besonderen Wert. Dann kann man schon gelegentlich hören, dieser Paul Müller, oder dieser Detlef Piepenbrink, den musst du kennenlernen, der ist schon irgendwie etwas Besonderes. Worte wie: "Ist es dieser Müller?" Können dann schon einmal genannt werden. Auch der Name, den du erhalten hast, sagt in vielen Fällen etwas über deine Eltern oder deine Volkszugehörigkeit aus.

In der Regel übernimmt die Frau den Nachnamen des Mannes. Einige legen aber Wert darauf, dass ihr Namensanteil erhalten bleibt. Wie auch immer, entscheidend ist das Verhalten, das man zeigt, das Leben, das man führt, welches dem Namen sein Gewicht gibt. Ich kann mich noch gut daran erinnern, dass meine Eltern mir gesagt haben: "Mache unserem Namen kein Schande." Sicher weiß jeder, dass es die Person ist und nicht der Name, der das Verhalten, die Handlungen begeht und doch wird der Name als Synonym für die Person stehen. Und jeder weiß, um wen es sich handelt, notfalls mittels der Hinzunahme des Vornamens.

Sicher wird jeder gerne zugeben, dass er den Namen gewisser Marken gerne vertraut. Denn die Erfahrung hat gezeigt, er kann sich darauf verlassen, dass diese Produkte den gewünschten Qualitäten entsprechen.
Auch ist zu bedenken, dass mit der Zugehörigkeit zu Parteien, Vereinen, Interessenverbänden und Kirchen man auch einen Teil

seiner Meinung und Gesinnung wiedergibt. Zumindestens wird eine gewisse Akzeptanz damit einhergehen.

Eigentlich ist dabei nur zu bedenken, dass du durch deine Person, durch das ‚was du bist und wie du dich gibst, dem Namen seinen Wert verleihst . . . und das liegt nun einmal in deiner Hand.

Gerhard Jobs
Braunschweig den 14.10.2017

Auf die Qualität kommt es an

Weniger kann oft mehr sein, es kommt auf die Qualität an.
Auch Du kannst „mehr" sein. Du musst nur wissen, was Qualität hat
– und den EINEN kennen, der weiß,
was Qualität hat und sie auch besitzt und jedem gerne zugänglich macht!

Wer bist du?

Jeden Tag schreibst du deine Lebensgeschichte, ob du willst oder nicht. Selbst wenn du nichts tust, gibst du dir, deiner Person, deinem Namen einen Stempel.

Das habe ich Dir schon tausendmal gesagt!

Sie kommen in das Zimmer ihrer Tochter und sehen die übliche Unordnung und es scheint heute sogar noch schlimmer zu sein. Sie sind ärgerlich und rufen: „Franziska, kommt unverzüglich in Dein Zimmer, schau Dir das Durcheinander einmal an, soll das immer so weitergehen? Ich habe Dir doch schon tausendmal gesagt, du sollst diesen Saustall endlich einmal aufräumen! Wie kann man so unordentlich sein. Von uns kannst Du das doch nicht haben, keiner ist so unordentlich wie Du." „Ja, es tut mir leid Mama, heute räume ich auf." „Das will ich Dir auch geraten haben, sonst werden hier in Zukunft ganz andere Seiten aufgezogen."
Kommt dies Ihnen irgendwie bekannt vor? In jeder Familie gibt es Situationen, wo man aufgrund von wiederholten Fehlleistungen in Rage geraten kann. Ja wir Menschen neigen dazu, wenn wir erregt sind, zu dramatisieren zu überzeichnen und zum Überreagieren.
Wie kann man, wenn möglich, solche Situationen erst gar nicht entstehen lassen? Das ist, was ich für mich herausgefunden habe, – schon bei den Anfängen deutlich zu signalisieren, was man erwartet. Es ist notwendig zu besprechen, warum man eine gewisse Ordnung und auch Verhaltensmuster erwartet. Und dies regelmäßig, damit sich gewisse Unarten gar nicht erst länger einbürgern können. Ein wiederholtes Erklären, ein Loben, wenn man der Vereinbarung entsprochen hat und vielleicht ein wiederkehrender Rhythmus, wann etwas zu tun ist, kann helfen. Es wäre sinnvoll, möglichst alle, nicht nur die betreffende Person, allein im Hause aufzuräumen lassen. Wenn mehrere ähnliche Arbeiten zu tun haben, fällt es einem leichter, seine Arbeit in dieser Sache zu verrichten.
Der Umgang miteinander, das Erziehen von Kindern erfordert viel Aufmerksamkeit und auch Kommunikation. Haben wir Mut, es kann nur besser werden.
Nicht, das habe ich Dir schon tausendmal gesagt! . . . vielleicht reicht ja auch, das habe ich Dir **schon einmal gesagt.**

Gerhard Jobs
Braunschweig 13.03.2017

Nein

Als du "Nein" sagtest, habe ich dich nicht verstanden und war
ärgerlich. Heute weiß ich, dass zur Liebe fast alle Vokabeln gehören
können– auch das "Nein".

. . . sagen und tun

Wenn du ständig drohen musst, hat es dir an einem konsequenten
Handeln gefehlt und man glaubt deinen Worten kaum noch.

Wer weiß schon, was aus jemandem werden kann?

Mein kleiner Spaziergang neigte sich dem Ende zu. Ich kam an einem Kinderspielplatz vorbei, und da ich schon recht müde war, setzte ich mich dort auf eine Bank. Ich sah den Kindern beim Spielen zu und konnte gut beobachten, wie unterschiedlich sich Kinder verhalten. Auch das Beobachten der Reaktionen der Eltern in verschiedenen Situationen, in denen sich ihre Kinder befanden, hat mich nachdenklich gemacht und war auch irgendwie aufschlussreich für mich.

Ob es das motorische Verhalten war, das Lösen von kleinen Aufgaben, die die Kinder sich untereinander abverlangten oder schlichtweg der Umgang mit den unterschiedlichen Spielzeugen, alles wurde von den Kindern sehr unterschiedlich gelöst.

Mir war natürlich klar, dass es nur eine Momentaufnahme war und es ist für einen Betrachter nicht immer leicht, den Altersunterschied genau richtig einzuschätzen. Auch den Einfluss den die Eltern, die auch alle sehr unterschiedlich sind, bewirken können, kann ich in meine Betrachtung nicht einfließen lassen. Ich kenne ihn nicht. Und doch fragte ich mich: "Was mag aus diesen kleinen Wesen eines Tages werden?" Natürlich kann ich den Entwicklungsgang eines Kindes aus einem Augenblick heraus nicht richtig einschätzen. Ein Kind mag Spätentwickler sein, ein anderes ein frühbegabtes, von dem man nicht weiß, ob diese positive Entwicklung so weiter gehen wird. Auch sind die großen Könner, die vieles in den unterschiedlichsten Bereichen bewirkt haben, auf der Erde zu finden. Seien es Künstler, Konstrukteure, Sportler, Geisteswissenschaftler, Staatsmänner, Erfinder und und und – alle einmal Kinder gewesen und niemand hätte voraussagen können, was aus ihnen einmal werden würde.

In diesem Augenblick wurde mir klar: Jedes Kind ist wertvoll, denn sein Potential weiß niemand. Mit dem Einfluss, den man hat, sollte man ihm die größtmögliche Entwicklung, Geborgenheit und Liebe ermöglichen, sodass es sich bestens entwickeln kann. Vielleicht ist eines dieser Kinder auch für meine Kinder bedeutend, vielleicht sogar lebensnotwendig; wenn dieses eine Kind z.B. ein Arzt wird und meinem Kind vielleicht das Leben rettet. Oder es säubert die Straße

vor unserem Haus, eine auch wichtige Arbeit. Selbst für mich, für uns, kann jedes dieser Kinder eine große Bedeutung haben, denn auch ich, wir, kennen seine und unsere Zukunft nicht – verhalten wir uns doch einfach so, als würde es für uns bedeutend und wertvoll sein.
Egal wie alles letztlich ausgehen mag, es ist immer richtig, einen Menschen sehr zu schätzen und ihm ein guter Mitmensch zu sein und dies in jedem Alter. Außerdem ist er genauso ein Kind Gottes wie ich.

Gerhard Jobs
Braunschweig den 05.08.2017

Gelegentlich ist es sinnvoll, zu warten

Am Anfang weißt du das Ende noch nicht, also warte noch,
es kann sein, dass dir das zu früh Gesagte dann leidtut.

Manches sollte man sich nicht entgehen lassen

Als ich ihn das erste Mal sah freute ich mich, denn er war aufgeschlossen, freundlich und lebensbejahend. Wir unterhielten uns gut und tauschten unsere Adressen aus. Jeder wurde vom Leben gefordert, und irgendwie verloren wir uns aus den Augen.

Nach vielen Jahren sah ich ihn wieder und immer noch begeisterte er mich, und er war mir sympathisch. Wiederum unterhielten wir uns gut und genossen die gemeinsame Zeit.

Die Jahre vergingen. Ich hatte das Berufsleben hinter mir gelassen. Es kehrte wieder Ruhe ein und ich erinnerte mich wieder meines alten Bekannten. Telefonisch konnte ich ihn nicht erreichen, und da ich gerade in seiner Nähe war und immer noch seine Adresse hatte, wollte ich ihn besuchen. Man sagte mir: Treffen können sie in ihn nicht mehr, aber sein Grab befindet sich auf dem Hauptfriedhof.

. . . sich zweimal zu sehen, kann zu wenig sein und ich sann über die verlorenen gemeinsamen Möglichkeiten nach. Mein Rat an dich, mein lieber Leser, ist der: "Mache mehr daraus, sonst sagst du genau wie ich – schade!

Gerhard Jobs
Braunschweig den 10.09.2017

Einer könnte dir Zukünftiges offenbaren

Keiner weiß was morgen sein wird! – wirklich nicht?
    Einer weiß, was morgen sein wird. Und wer das ist, das weißt du, da bin ich mir sicher!
        . . . mit **Ihm** berate dich.

Was kann durch die Geburt eines Kindes und dem was aus ihm wird, alles geschehen?

Wenn wir an Menschen denken wie Albert Schweitzer, Martin Luther, Mahatma Gandhi, Dr. Martin Luther King, Mutter Theresa, Joseph Smith und viele weitere, ist uns ihr Schaffen zum Wohle der Menschheit bekannt.

Oft wissen Eltern gar nicht, was sie mit diesem neuen Leben, dass ihnen geschenkt wurde, eventuell für einen großen Geist zur Welt gebracht haben.

Anders bei Maria und Josef. Ihnen wurde angekündigt, dass ihr Kind, der Erlöser der ganzen Welt sein wird.

Lukas 1: 41 Als Elisabeth den Gruß Marias hörte, hüpfte das Kind in ihrem Leib. Da wurde Elisabeth vom Heiligen Geist erfüllt
42. und rief mit lauter Stimme: Gesegnet bist du mehr als alle anderen Frauen, und gesegnet ist die Frucht deines Leibes.
43. Wer bin ich, dass die Mutter meines Herrn zu mir kommt?

Lukas 2:9 Da trat der Engel des Herrn zu ihnen, und der Glanz des Herrn umstrahlte sie. Sie fürchteten sich sehr,
10. der Engel aber sagte zu ihnen: Fürchtet euch nicht, denn ich verkünde euch eine große Freude, die dem ganzen Volk zuteil werden soll:
11. Heute ist euch in der Stadt Davids der Retter geboren; er ist der Messias, der Herr.

Wie dankbar können wir sein, dass Jesus Christus, die ihm zugeschriebenen Aufgaben zum Wohle aller Menschen vollbracht hat. Und zu Recht feiern wir Weihnachten, um durch Geschenke der Liebe, auch Dankbarkeit zum Ausdruck zu bringen.

Gut wäre es auch, dabei an den Heiland zu denken, wenn wir unsere Liebestaten geben. Er hat uns durch seine Liebestat, die Rückkehr zu unserem Himmlischen Vater ermöglicht.

*1. **Korinther** 15:22 Denn wie in Adam alle sterben, so werden in Christus alle lebendig gemacht werden.*

Wenn uns ein Kind geboren wird findet keine besondere Ankündigung statt und doch wird auch ein Kind Gottes geboren. Was aus ihm wird, das liegt nur bedingt in unseren Händen. Für den Heiland aber ist es so wertvoll, dass er sein Leben auch für ihn gab.

Gerhard Jobs

Braunschweig den 09.12.1017

Was wird aus unserem Kind?

Vieles, was aus ihm wird, liegt auch in der Hand der Eltern, denn nur ein gewisser Teil ist eigene Substanz. Wie groß ist doch die Verantwortung derjenigen, die auf das Kind Einfluss nehmen können. Welch ein Segen man doch für es sein kann.

Deine Empfindungen sind stärker von innen, als von außen

(Erfüllung und innerer Friede kommt von IHM.)

Fühlst du dich leer, ganz von Freude verlassen?
So als wärest du in einer verwirrend fremden Welt?
Als befändest du dich auf menschenleeren fremden Gassen,
im buntesten Treiben, selbst mit genügend viel Geld.
Und immer noch fühlst du dich im Inneren nicht erfüllt – warum nur?

Woher kommt nur diese Leere, diese gefühlte Einsamkeit?
Mir geht es nicht schlecht, ich bin auch nicht arm?
Hab ein schönes Zuhause, selbst meine so geliebten Bücher liegen
bereit.
Es ist doch bei mir gemütlich, zum Sichwohlfühlen und warm.
Auch bin ich nicht allein, Menschen leben doch nebenan – und doch
allein.

Der Friede, die Erfüllung muss in dir sein,
du kannst beides nicht kaufen, nicht erjagen.
Ja, es gibt eine Hoffnung, du bist nicht verloren, nicht allein,
und trotz all deiner Sorge, deinem Dichplagen.
Du kannst beides finden, den inneren Frieden, die Erfüllung – weil
ER es will:

Erfüllung zu fühlen, ist eine Gabe, ist ein Geschenk von unserem
Herrn. Sein Geist und die uns gewährte Erkenntnis, die Kraft der
Vergebung, geben uns den inneren Frieden, die innere Ruh.
Der Herr schenkt uns die innere Einstellung, die uns die notwendige
Energie gibt, den guten Weg, der zum Frieden führt, zu gehen. Denn
IHM nachzufolgen gibt Sicherheit, die nötige Erkenntnis und
Hoffnung – denn wer ist größer als ER?

Gerhard Jobs
Braunschweig den 10.09.2017

Der Erlöser aller Menschen

Matthäus 27:39-42

39. Die Leute, die vorbeikamen, verhöhnten ihn, schüttelten den Kopf
40. und riefen: Du willst den Tempel niederreißen und in drei Tagen wieder aufbauen? Wenn du Gottes Sohn bist, hilf dir selbst, und steig herab vom Kreuz!
41. Auch die Hohenpriester, die Schriftgelehrten und die Ältesten verhöhnten ihn und sagten:
42. Anderen hat er geholfen, sich selbst kann er nicht helfen. Er ist doch der König von Israel! Er soll vom Kreuz herabsteigen, dann werden wir an ihn glauben.

Was wäre geschehen, wenn er vom Kreuz herab gestiegen wäre? Wie viele hätte er dadurch bekehren können? Diejenigen, die am Kreuz standen? Die von der Verurteilung wussten und sich wunderten, dass er nicht gestorben ist? Ja, es wäre eine große Sensation, etwas Außergewöhnliches, etwas Unfassbares geworden. Doch hätte er mehrheitlich nur die Menschen, die zu seiner Zeit lebten, damit erreichen können.

Das war nicht seine Mission. Er wusste, dass er für alle Menschen, für die, die vor seiner Zeit auf Erden gelebt haben und für die, die zu seiner Zeit auf der Erde lebten, wie auch für die, die noch in der Zukunft, in den folgenden vielen Jahrhunderten auf der Erde leben würden, der Erlöser sein solle.

Daher hat Er die Sünden, die Verfehlungen, die Schmerzen aller Menschen getragen. Er hat allen, die willig sind, Erlösung angeboten. Seine Mission war viel größer, viel umfangreicher, als die Menschen damals es verstanden haben. Selbst wir heute können den Vorgang in seiner wirklichen Größe nicht ganz erfassen.

Freuen wir uns, dass wir Nutznießer seine Liebe sein können. Vielleicht ermutigt es uns, auch für andere Gutes zu tun und ihnen ein wenig die Last des Lebens leichter zu machen.

Dann sind wir auf seinem Weg und tun wir das, was er sich wünscht, und können somit auf ihn den Erlöser und sein Erlösungswerk hinweisen.

53

Aus Liebe zu seinem Vater, unser aller Gott und aus Liebe zu uns
Menschen, zu Gottes Kindern, – darum stieg er nicht vom Kreuz
herab.

Gerhard Jobs
Braunschweig den 24.03.2017

. . . es gibt ihn!

Uns ist ein besonderes Kind geboren,
als Erlöser. als Erretter ist ER für uns auserkoren.
Seine Liebe, seine Lehre dringen uns tief ins Herz,
sie befreien uns von Kummer, Leid und großem Schmerz.
. . . liebe auch Du und wende deinen Blick doch auch ein wenig
himmelwärts.

Gerhard Jobs
Braunschweig den 28.11.2017

Karwoche

Karfreitag! Ostersamstag! Ostersonntag!
Was wäre, wenn ER sein Werk nicht vollendet hätte?
Keine Auferstehung! Kein ewiges Leben bei unserem Schöpfer!
Ewiges Elend wäre unser Los.
. . . Er, Jesus Christus ist der wirkliche König aller Könige!

Wert der Sternbilder?!

Einige glauben aufgrund der Konstellation der Gestirne Aussagen für das Leben einzelner Personen finden zu können.
Die Sterne sind von **Ihm** bewusst in ihrer Anordnung an das Himmelszelt gesetzt worden. Er hatte sie erschaffen, hat ihnen ihren Platz zugeordnet. **Er** der Allmächtige, dem kannst du alle Fragen stellen, und auf seine Antworten kannst Du dich verlassen.

Gott lästern?!

Gott lästern fällt dem leicht, der Gott nicht kennt. Er ist sich dessen, was ihn erwartet nicht bewusst, – denn Gott lässt sich nicht verspotten.

Den Schöpfer suchen

Wer den Schöpfer sucht und ihn kennenlernt, der lernt nicht nur kennen was ihm die Schöpfung deutet, sondern er begreift auch, was Du ihm bedeutest, welchen Platz Du in seiner Schöpfung hast. Nach seinem Ebenbild hat er dich erschaffen, Du bist sein Kind, sein Erbe, genau das bist du, das bin ich.

Man weiß nie?!

Jeder Tag war mir gleich langweilig, es gab nichts zu tun,
mein Leben war einfach nur leer.
Nichts war mir heilig, konnte ständig nur ruh´n.
Etwas Besonderes gab es für mich schon lange nicht mehr.

Auch für diesen Tag hatte ich keinen Plan.
Alles war schrecklich und öd.
Ich war kraftlos, hatte keinen Elan,
alles war mir einfach zu blöd.

Nichts im Leben gab mir noch Halt,
selbst die Zigaretten schmeckten nicht mehr.
Mich fror, es war mir einfach nur kalt.
Selbst das Öffnen der Bierflaschen fiel mir schon schwer.

Da saß ich nun an der Straßenecke,
und stierte so vor mich hin.
Hüllte mich fester in meine Decke,
schon lange fragte ich nicht mehr nach des Leben Sinn.

Da fühlte ich eine Hand auf meiner Schulter.

Und hörte: "Auch ich saß schon an dieser Straßenecke."
Auch für mich hatte alles keinen Sinn.
Auch ich hüllte mich damals fest in meine Decke
und dachte: "Weiß der nicht, was ich für einer bin?"

Er lud mich damals zu einem kleinen Imbiss ein.
Er erzählte mir von dem Sinn des Lebens,
den er gefunden hatte und fortan war ich nicht mehr allein.
Und ich begriff, es ist doch nicht alles vergebens.

Und auch ich sage zu Dir: "Erhebe Dich und folge mir.
Vertraue mir und folge einfach ohne Scheu!"
– Ich blickte auf von meiner Decke und sagte: "Ich bleibe hier!
Bist Du Jesus? Was wird denn bei mir schon neu?"
Ja, ich lächelte ihn nur spöttisch an.

Er ging fort, kaufte für mich ein belegtes Brötchen und sagte: "Nein,
ich bin nicht Jesus, aber ich versuche ihm zu folgen." Eine gewissen
Bewunderung kam für ihn in mir auf. Ich schaute auf und sagte leise:
"Danke". Ob er Recht hat? Kann der Glaube an Jesus so viel
verändern?
Heute gehe ich nun selbst umher und halte Ausschau nach Menschen
an Straßenecken, Menschen mit stumpfen Augen, ohne Hoffnung . . .
ja, ihm nachfolgen verändert viel!

Gerhard Jobs
Braunschweig den 26.11.2017

Helfen

Einsam ist und bleibt auch der, der nur sich selber sieht und sich nicht
helfen lassen will, und die helfende Hand zurückweist. Du aber halte
deine Hand zum Helfen ausgestreckt.

Gott

(Die Allmacht Gottes und seine unendliche Liebe, durchdringen alles.)

Wer formte der Erde schöne Gestalt,
so dass Berge, Täler, Flüsse und Seen entstanden?

Wer hat die Sterne an das Firmament gesetzt,
ihnen ihre Aufgaben zugeordnet?

Wer schenkte uns die schöne Natur,
ließ die schönsten Blumen für uns wachsen?

Wer gab den Mineralien ihre Struktur,
gab den Naturgesetzen ihr Walten?

Ließ mich tiefe Liebe empfinden,
so dass mein Herz sich freuen kann?

Wer half mir den Sinn des Lebens zu finden,
sodass ich einst zu ihm zurückfinden kann?

Wer hilft uns, wenn unsere Seele wurde verletzt,
wenn unser Gesicht von Tränen benetzt?

Wer rät uns, unserem Bruder die Hand zu reichen,
so dass wieder Friede und Freundschaft entsteht?

Wer gab uns die Möglichkeit, Leben zu zeugen?
Eine der größten Gaben Gottes ist uns damit anvertraut.

Wie die Nacht dem Tag muss weichen,
so sicher wird der Verderber nie die Macht des Erlösers erreichen.

Hat Sorge und Kummer dich ergriffen,
so hilft Er, dass die Lebensfreude alle deine Nöte besiegt.

Selbst der Tod ist von der Auferstehung überwunden
und darum kannst du, oh Mensch, ewig leben.

Dank seiner Liebe, dürfen wir, seine Söhne, seine Töchter sein.
– und Er lädt jedes seiner Kinder, auch Dich ein, bei ihm, einem Gott,
einst zu wohnen.

Gerhard Jobs
Braunschweig den 28.08.2017

Gott möchte uns glücklich bei sich haben

Wenn dein Spruch zur Trauung heißt "bis dass der Tod euch
scheidet", dann hast Du etwas falsch gemacht. Er sollte lauten "für
Zeit und alle Ewigkeit". Denn dein dir wertvollster Mensch wird mit
dem Tod nicht von dir fortgerissen, so herzlos ist Gott nicht.

Satan

(Er ist der große Zerstörer, der Feind von allem Guten)

Er will dir nichts Gutes, mit nichts wird er dich je belohnen.
Jede Qual die dir widerfährt, ist ihm eine Freude.

Meisterhaft kann er täuschen,
dich auf eine falsche Fährte setzen.

Er fördert Streit, sät Zwietracht,
freut sich, wenn er dich verleiten kann, zu hassen.

Für andere, so rät er, habe bitte nichts Gutes im Sinn,
sei stolz auf deine Erfolge und genieße der anderen Leid.

Herrsche, zerstören, das sei für Dich der Lebenssinn.
Er sagt dir, jede Lüge sei erlaubt, um deine Ziele zu erreichen.

Gut ist es für dich, wenn du andere ihrer Freiheit beraubst.
Alle sollen deine Knechte sein.

Du bist dein eigener Herr. Wer ist Gott, sodass er dir Regeln
auferlegt?
Dass du deinen Erfolg, deine Macht mit anderen etwa teilen sollst?

Jedes Zerwürfnis, jede Uneinigkeit, ja, jeder Krieg
lässt sein Herz frohlocken, ihn jubeln, denn jede Wut der Menschen
hilft seinen Zielen.

Hat er eine Ehe zerstört, Streit zwischen den Kindern, der
Verwandtschaft gesät,
so hoffte er, es sei nun für jede Versöhnung zu spät.

Jede Seele, die er zum Bösen führt, die hat er von Gott weggeführt.
Und er freut sich, denn er wird dann in der Ewigkeit ihr Herrscher
sein.

Ja, der Satan stellt sich Gott entgegen, kämpft gegen ihn mit all seiner
Kraft.
– und doch ist sein Schicksal besiegelt. Er hat schon verloren,
denn gegen Gottes Macht, getragen von Aufrichtigkeit,
Rechtschaffenheit und Liebe hat das Böse keine Aussicht auf Erfolgt.
Sollte der Böse dich bedrängen, schicke ihn im Namen Jesu Christi
einfach fort.
– tue Gutes, liebe Deine Mitmenschen, denn wo Gutes geschieht und
Liebe herrscht kann Satan nicht bleiben.

Gerhard Jobs
Braunschweig den 28.08.2017

Ein Sünder

Um ein Sünder zu werden, brauchst du nur nichts zu tun, denn es ist
eine Sünde seine Fähigkeiten anderen vorzuenthalten.

Was ist dir eine Sache wert?

Der Zauber einer Sache nimmt dich so lange gefangen, bis du erkannt
hast, dass es ein fauler Zauber ist oder dass es etwas Besseres gibt.
Nur der, der nicht stehen bleibt, der nicht aufhört zu suchen, der offen
ist für Neues, wird erkennen, ob das Alte gut war oder ob das Leben
noch Größeres für ihn bereit hält.

Die sarkastische Seite, oder ist doch etwas Wahrheit darin zu finden?

1) Ruhestörender Lärm.
Wenn Dummheit wehtun würde, wäre so manch ein Aufschrei zu hören.
... zum Glück hat unser Schöpfer es nicht so eingerichtet.

2) Der Schlaf zum richtigen Zeitpunkt.
Wenn man die Nacht zum Tage macht, kann man das Elend des Tages sorglos verschlafen.

3) Was Farbe uns offenbaren könnte.
Wenn Unehrlichkeit uns Menschen grün färben würde, könnten wir auf einen Großteil der Vegetation verzichten.
... wo ist sie geblieben, die Ehrlichkeit?

4) Das Dicksein,   ... die Jagd nach einem Phänomen.
Nach der Aussage vieler dicker Menschen ist es einfach ein unerklärbares Wunder. Sie essen kaum etwas und werden immer dicker. Ob es an der mineralienreichen Luftverschmutzung liegt?

5) Es ist gut zu wissen, dass wir nicht von den Affen abstammen, wobei es genügend Menschen gibt, bei denen man leicht geneigt ist, dies zu glauben.

... Entschuldigung, falls ich etwas übertrieben habe oder unsensibel war.

Gerhard Jobs
Braunschweig den 08.12.2017

Der Egoist

Keine Welt ist für mich schön, die ich nicht gestaltet habe!
. . . denn wer kennt schon meine Größe, Wünsche und Empfindungen,
sagt der Egoist.

Zeit gewinnen!

Die meiste Zeit gewinnst du, wenn du so organisiert bist, sodass du
kaum noch etwas suchen musst. Du musst nur aufpassen, dass du mit
der neu gewonnenen Zeit nichts produzierst, was du dann wieder
suchen musst.
Wenn du weniger anhäufst, mehr verteilst oder verschenkst, brauchst
du weniger zu suchen und erfreust andere. Eventuell brauchen diese
jetzt mehr Zeit zum Suchen.

Ist der Mensch das Maß aller Dinge?

Alles in der Schöpfung ist notwendig und hat seinen Platz, seien es die Pflanzen, die Tiere oder die Menschen. Und wo würden sie sein, wenn wir nicht die Erde hätten, auf der wir leben dürfen? Mit den klimatischen Bedingungen, die auf ihr herrschen, mit der Luft zum Atmen und vielem, vielem mehr. Auch die weiteren Bedingungen, dass z.B. die Sonne, auch der Mond, einen entsprechenden Abstand zur Erde haben, sodass es sich auf ihr gefahrlos leben lässt.? Ich möchte an dieser Stelle nicht weiter auf die vielen notwendigen Bedingungen eingehen, die uns doch recht bequem leben lassen, das würde bei weitem den Rahmen dieses Artikels sprengen.

Nur noch ein Spruch, den ich einmal gelesen habe, sollte hier angeführt sein: "Der Mensch kann nicht ohne die Insekten leben, aber die Insekten gut ohne uns Menschen." Schon etwas so Kleines kann für uns viel bedeuten.

Und doch nimmt der Mensch in der Schöpfung einen besonderen Platz ein. Er hat einen größeren Freiraum oder größere Möglichkeiten als viele der uns bekannten Dinge und Wesen in der Schöpfung. Ein Baum steht wo er steht, er kann zum Beispiel einer Lawine nicht ausweichen. Tiere können sich, dank ihrer Beweglichkeit aus einer Gefahrenzone entfernen.

Die Sinnesorgane vieler Tiere können oft mehr leisten als die der Menschen. Er aber ist in der Lage, sich selbst das zu beschaffen oder zu erstellen, das ihm Möglichkeiten eröffnet, die den uns bekannten Lebewesen nicht möglich sind.

Vielleicht ist das ein Grund, warum in der Schöpfungsgeschichte der Mensch den Auftrag erhalten hat, sich alles auf der Erde untertan zu machen.

Genesis 1:28   Gott segnete sie, und Gott sprach zu ihnen: Seid fruchtbar, und vermehrt euch, bevölkert die Erde, unterwerft sie euch, und herrscht über die Fische des Meeres, über die Vögel des Himmels und über alle Tiere, die sich auf dem Lande regen.

Und wenn man dann noch weiter bedenkt, dass der Mensch in Gottes Abbild erschaffen ist, bekommt der Mensch im Gefüge der Schöpfung eine ganz neue Wertigkeit.

Genesis 1:27 *Gott schuf also den Menschen als sein Abbild; als Abbild Gottes schuf er ihn. Als Mann und Frau schuf er sie.*
Der Mensch ist nicht das Maß aller Dinge, aber im Plan des Herrn, unseres Gottes, äußerst wichtig.

8. Psalm *5 Was ist der Mensch, dass du an ihn denkst, des Menschen Kind, dass du dich seiner annimmst?*

6 Du hast ihn nur wenig geringer gemacht als Gott, hast ihn mit Herrlichkeit und Ehre gekrönt.

7 Du hast ihn als Herrscher eingesetzt über das Werk deiner Hände, hast ihm alles zu Füßen gelegt.

Welche Verantwortung wächst aus dem Vertrauen, das Gott uns schenkt? Die Identität und Größe des Menschen steht und fällt damit, ob es einen Gott gibt der die Schöpfung zu Stande gebracht hat. Wenn nicht, wäre der Mensch nur ein "höheres Tier", ein Produkt der Evolution.

Schön und beeindruckend zugleich ist das uns gegebene Versprechen aus den heiligen Schriften, ein ewiges Leben haben zu dürfen.

Johannes 10: 27 Meine Schafe hören auf meine Stimme; ich kenne sie, und sie folgen mir.

28. Ich gebe ihnen ewiges Leben. Sie werden niemals zugrunde gehen, und niemand wird sie meiner Hand entreißen.

Johannes 17:2 Denn du hast ihm Macht über alle Menschen gegeben, damit er allen, die du ihm gegeben hast, ewiges Leben schenkt.

Vielleicht können wir nun ermessen wie wichtig es ist, für sich herauszufinden, ob es einen Gott gibt. Vergänglichkeit, der Tod des Menschen und sein Ende – oder ewiges Leben, ein Leben bei Gott unserem Herrn. Eines von beiden, das wäre dann unser Schicksal.

Für mich hat eine Schöpfung, die von Gott vorgenommen wurde, stattgefunden. Für mich ist der Mensch ein Kind Gottes, ein erhabenes Wesen, wie oben im **8.Psalm** beschrieben.

Der Mensch braucht sich nicht zu schämen, er soll nur versuchen, der ihm zugeschrieben Größe zu entsprechen. Sein Leben so zu leben, wie es ihm von Gott anempfohlen worden ist und weniger der fleischliche Mensch zu sein, den man oft vorfindet. Wenn wir herausgefunden haben, dass es einen Gott gibt, haben wir auch unseren Wert gefunden und unsere ewige Bestimmung erkannt.

Neuzeitliche Offenbarung wie sie unter anderem im "Buch Mormon" und in dem Buch "Lehre und Bündnisse" zu finden sind, bekräftigen die Aussagen in der Bibel. Und sie bestätigen, dass eine Schöpfung stattgefunden hat, und auch, dass Gott heute wieder zu uns Menschen spricht.

Durch die Heiligen Schrift und durch das Wort seiner heute lebenden Propheten möchte er uns Mut machen, unsere ewige Bestimmung zu erkennen und unser Leben nach diesen hohen Werten auszurichten.

Ich kann nur hoffen, dass uns dies gelingen mag und dass wir, dass der Mensch, seinen ihm zugedachten Platz, in der Schöpfung Gottes finden möge.

Wie groß ist doch der Wert einer Verheißung ewigen Lebens!

Was es für uns bedeuten könnte, das ewige Leben zu genießen, und wie schön es für uns sein würde, möchte ich hier kurz anreißen.

Viele der großartigen Menschen könnten wir wiedersehen. All die großen Dichter, Poeten, Wissenschaftler, Erfinder, Ärzte, Musiker und all die vielen weiteren Größen aus den verschiedensten Bereichen, die in dem Leben der Menschen eine große Rolle gespielt haben, wären für uns erreichbar. Wir könnten ihre weitere Entwicklung sehen, an ihrem Leben Anteil nehmen. Auch was aus einem selbst werden kann, wenn man unendlich viel Zeit hat, unbegrenzt Entwicklung nehmen kann, ist bedeutsam. Vielleicht kann man ein wenig ahnen, wie großartig eine ewiges Leben, eine Zukunft ohne Ende für uns ist. Dann erst werden wir das Leben, seinen wirklichen Sinn und seine wirkliche Bedeutung begreifen. Und unsere Familie wiedersehen.

Gerhard Jobs
Braunschweig den 18.10.2017

Mensch wer bist du?

Welchen Wert der Mensch für Gott hat, dies hat er uns wissen lassen – einen sehr großen. Hätte er sonst seinen Sohn so für uns leiden lassen?

... nur eine Momentaufnahme!

Sie sehen die Handlung einer Person und sind darüber empört. Sie fragen sich: "Warum macht er das? Das ist ja nun ganz daneben! Dem müsste man einmal ordentlich die Meinung sagen."
Ja, es ist schon gefährlich, nur aus dem Augenblick einer Situation heraus, aus dem kurzen Betrachten einer Sache, sich ein Urteil zu bilden oder gar gleich zu reagieren.
Ich möchte dies an zwei Beispielen festmachen:
Ich wollte meinen Reisepass abholen und hatte mich dem Buchstaben meines Nachnamens gemäß in der richtigen Schlange angestellt. Vor mir waren etliche weitere Leute. Die Frau, vermutlich eine Beamtin, war damit beschäftigt, den Kunden ihre Pässe auszuhändigen oder den Antrag auf das Erstellen eines neuen Personalausweises entgegenzunehmen.
Dies ging allerdings nicht immer glatt. Recht oft gab es kleine Probleme, die den Unmut derer, die ihren Pass abholen oder erstellen lassen wollten, heraufbeschworen.
Entweder war das Lichtbild nicht vorschriftsgemäß, der Antrag nicht richtig ausgefüllt oder man hatte vergessen, die Bearbeitungsgebühr zu entrichten.
In einem Fall wollte der Ehemann den Pass seiner Frau abholen, ihm wurde gesagt, er müsse eine Vollmacht von seiner Frau dabei haben. Sie könne ja nicht wissen, ob er wirklich ihr Ehemann sei. Was ihm sichtlich missfiel. So ging es ständig weiter.
Da fielen schon Worte wie: "stellen Sie sich doch nicht so an." oder auch "Typisch Beamte, man versteckt sich nur hinter Vorschriften." Sie musste sich schon etliches anhören.
Nun kam der Mann vor mir an die Reihe, auch er hatte etwas nicht korrekt gemacht. Wirklich nur eine Kleinigkeit. Die Frau an der Passstelle, reagierte jedoch etwas über und gab ihm seine Sachen mit eigentlich einer nicht ganz angemessenen Antwort zurück. Ein Mann hinter mir, der erst kurz dazugekommen war, ereiferte sich und begann die Frau am Schalter scharf zurechtzuweisen. Letztlich ging die Sache gut aus. Ich hatte noch Gelegenheit, mit dem Mann, der hinter mir stand, zu sprechen und begann ihm zu schildern, wie oft

die Frau von Personen vor diesem Mann, der etwas zu barsch angefahren worden war, alles hatte ertragen und aushalten müssen. Er sagte dann zu mir: "Das habe ich nicht gewusst!" Was ja auch stimmte. Letztlich mussten wir beide lächeln und waren uns schnell einig: So ist es oft im Leben. Zu schnell wird reagiert, obwohl man in vielen Fällen den Überblick noch nicht hat.

Es war Feierabend, ich hatte meine Arbeit verrichtet. Ich war noch jung, ein Lehrling im letzten Jahr und hatte mich in den Zug gesetzt, um nach Hause zu fahren. Kurz bevor der Zug abfuhr, kam noch ein Mann in mein Abteil. Er sah schmutzig aus. Er hatte dreckige Kleidung und Hände und roch penetrant. Ich dachte bei mir: "Wie kann man sich so in den Zug setzen, ich an seiner Stelle hätte mich irgendwo in die Ecke gestellt. Wir saßen einander nun schon fast eine halbe Stunde gegenüber. Einige weitere Fahrgäste waren gegangen oder auch neu dazugekommen. Durch Zufall kamen wir miteinander ins Gespräch, als kein weiter Fahrgast mehr da war. Er erzählte mir, dass er sehr viel geschafft hatte. Ein ganzes Dach, das mit Dachpappe belegt war, hatte er noch fertig streichen können. Die Pappdächer wurden früher in größeren Abständen mit Teer bestrichen, damit sie wasserundurchlässig blieben. Dazu ist es notwendig, dass der Teer in einem recht großen Kocher erhitzt wird, damit man ihn verstreichen kann. Nun wurde mir klar, da ich selbst ein Handwerker war, dass dieser Mann bis zur letzten Minute, bevor der Zug abfuhr, gearbeitet hatte. Und er wollte nicht am nächsten Tag wieder den Kocher anstellen müssen, was viel Zeit benötigen würde. Und dies nur, um dann den Rest des Daches streichen zu können. Wären wir nicht ins Gespräch gekommen und ich hätte diesen Mann vielleicht zusammen mit meiner Freundin in der Stadt getroffen, hätte ich bestimmt schlecht über ihn geredet. Was das für ein Mensch sei, sich so in einen Zug zu setzen, das ist ja wohl das Letzte. Dabei hatte der Mann nur seine Arbeit gemacht, vielleicht sogar noch dem Kunden Kosten erspart. Da er nicht noch am nächsten Tag hätte weiterarbeiten und den Teer erst wieder zum Kochen bringen müssen, um ihn verstreichen zu können. So brauchte er nur noch sein Werkzeug, seinen Kocher und das Material abzuholen.

Gehen wir doch lieber davon aus, dass es jeder richtig machen möchte und dass es bestimmt einen Grund dafür gibt, dass er sich so, wenn auch für uns unverständlich, verhält oder handelt.
Natürlich gibt es auch Unvernunft und somit die nicht wünschenswerten Ausnahmen. Doch lasst uns erst einmal das Gute, das Positive annehmen.

Gerhard Jobs
Braunschweig den 18.02,2017

Zu kurz, um es zu verstehen?

Sei mit deinem Urteil sehr vorsichtig. Um etwas wirklich zu verstehen, brauchst du u.a. Zeit und auch Erkenntnisse. In einigen Fällen reicht nicht einmal deine Lebenszeit dafür aus.

Gibt es keine Hoffnung?
(Nr. 1)

Wie lange wird das wohl noch so weitergehen? Nimmt das denn nie
ein Ende? Ja, Sorgen und Nöte lassen einen so etwas schon einmal
fragen. Besonders dann sind Nöte und Sorgen schwer zu ertragen,
wenn kein Ende in Sicht ist.
Ich stand vor dem Spiegel, und zwar eifrig bemüht mit den kleinen
Tricks der Kosmetik mein Gesicht besonders attraktiv erscheinen zu
lassen. Ein gekonnter Lidstrich, eine schöne Lippenstiftfarbe, die gut
zu meinem Gesicht passt, auch um meinen etwas zu schmalen Lippen
mehr Fülle zu verleihen. Noch etliches mehr setzte ich ein, was, so
hoffte ich, bei den jungen Männern mich attraktiv erscheinen lassen
würde. Natürlich musste alles andere auch dazu passen, mein Kleid,
meine Schuhe, die Halskette und auch die Armbanduhr. Selbst meinen
Gang übte ich noch ein wenig vor unserem großen Spiegel im
Schlafzimmer. Mit Hoffnung und Freude im Herzen und voller
Erwartung ging ich zu unserer Stadthalle, in der die groß
angekündigte Tanzveranstaltung stattfinden sollte.

Und wieder einmal wurde nichts daraus, nur zweimal wurde ich am
ganzen Abend zum Tanzen aufgefordert. Obwohl ich bewusst einige
Male an dem Tisch, wo die jungen Männer saßen, graziös
vorbeigegangen war. Natürlich habe ich zu ihrem Tisch
hinübergeschaut und gelächelt. Alles umsonst. Ich bin doch nicht
hässlich, bin schlank, habe eine gute mittlere Größe und hätte ich mit
Ihnen sprechen können, so hätten sie gemerkt, dass ich nicht
ungebildet bin. Alles umsonst.
Ich weiß wirklich nicht, woran es liegt, so ein Erlebnis hatte ich nicht
das erste Mal. Diese mir unverständliche Ablehnung musste ich
wieder einmal ertragen. Warum muss ich auf eine von mir so sehr
gewünschte Freundschaft so lange warten?
Warum mag mich keiner? Bin ich zu altbacken gekleidet? Setzte ich
meine weiblichen Attribute zu wenig ein? Nein, falsche Verlockungen

möchte ich nicht aussenden. Meine mir gesetzten Standards werden nicht aufgeben.
Allein bin ich gekommen, allein ging ich auch wieder nach Hause.
Ein wenig habe ich schon geweint, bevor ich eingeschlafen bin.

Gerhard Jobs
Braunschweig den 12.10.2018

Kummer

Wenn Dein Kummer, Dein Schmerz bis zum Himmel reicht, dann kann Dir auch nur von ihm Trost und Linderung zuteilwerden.

Trösten

Als ich traurig war, fand sich keiner der mich trösten wollte und ich habe gelitten. Als ich einen fand der traurig war, erinnerte ich mich und tröstete ihn. Ja, ich habe aus meiner Erfahrung gelernt. Begreifst du, dass selbst Leid, wenn man die richtigen Schlüsse daraus zieht, zu einem Segen für viele werden kann.

Gute Ratschläge
(Nr. 2)

Ich bin eine junge Mutter, mein Sohn, unser Jeremy , ist nicht ganz
zwei Jahre alt; und er schläft immer noch nicht die ganze Nacht durch.
In der Nacht muss ich regelmäßig zwei bis dreimal nach ihm sehen.
Auch macht er sich immer noch in die Hosen. Irgendwie mache ich da
wohl etwas nicht richtig. Alle Freunde und Bekannte, mit denen ich
darüber sprach, sagten mir, sie hätten mit ihren Kindern keine
Probleme. Und es folgten viele Ratschläge. Einfach schreien lassen, er
wird schon wieder aufhören. Gib ihm abends nichts zu trinken, denn
wo nichts reinkommt, da kommt auch nichts heraus. Bestimmt hat
dein Kind seelische Probleme. Gibst du ihm auch genügend
Zuwendung?
Wieso gelingt allen anderen Mütter das alles einfach problemlos?
Warum bin ich nicht dazu in der Lage? Wie lange soll das noch so
weitergehen? Nacht für Nacht mühe ich mich ab, und es ist kein Ende
abzusehen. Ich bin wohl für die Mutterschaft nicht gut geeignet. Und
als mein Mann noch sagte: "Warum schaffen alle anderen Mütter das?
Wieso du nicht?" Da bin ich nicht explodiert, ich wandte mich still
von ihm ab und bin traurig in die Küche gegangen.

Gerhard Jobs
Braunschweig den10.08.2017

So können Menschen sein
(Nr. 3)

Der Lehrer stand vor unserer Klasse. Er hatte eine Menge Hefte unter dem Arm und begann diese zu verteilen. Die von mir gemachten Benotungen werdet ihr im Heft finden. Auf einige davon möchte ich doch eingehen.

"Wetten, dass Peter mindestens eine 2 hat. Und Klaus eine 5", sagte Fredrick. Die Prognose stimmte, Peter hatte eine 2+ und Klaus, der, als sein Name genannt wurde zusammenzuckte, eine 5. Die Ergebnisse der meisten Arbeiten lagen um die 3 herum.

"Leider musste ich feststellen, dass diese beiden Arbeiten Welten trennen", sagte der Klassenlehrer.

Zu mindestens ein lächelndes und ein betrübtes Gesicht waren in der Klasse zu sehen. Und was die Eltern von Peter und Klaus gesagt haben, kann man sich gut denken.

Klaus war unzufrieden und dachte bei sich: "Wieder habe ich eine 5 erhalten. Nehmen denn die schlechten Noten nie ein Ende? Ich habe doch geübt. Warum begreife ich das einfach nicht? Was mache ich falsch?"

Besonders hart hatte ihn die Aussage eines seiner Mitschüler getroffen, der gesagt hatte: " In jeder Klasse gibt es einen Dummen."

Gerhard Jobs
Braunschweig den10.08.2017

74

Warum gibt solche Herausforderungen?

(siehe oben Nr. 1, 2, 3)

Und doch kann die Zeit, bis sich vielleicht eine Lösung anbahnt, eine segensreiche sein. Eine, die uns hilft, Schweres zu ertragen. Und sie gibt Menschen die Gelegenheit, Not und Sorgen zu sehen und sich als Mitmensch zu zeigen. Nur wer solches selbst miterlebt hat, der kann auch eine Hilfe sein. Wie gut tut es dem Betroffenen dann, wenn jemand, der sich vielleicht in einer ähnlichen Situation befunden hat und für seine Probleme Lösungen gefunden hat, uns zur Seite steht. Mit jeder Herausforderung wächst unsere Fähigkeit und Kraft, Probleme zu lösen. Wir üben uns vielleicht auch mehr in Geduld. Auch wächst unser Verständnis für die Sorgen anderer, und wir können ein besserer Mitmensch und ein Segen für andere sein.

Gerhard Jobs
Braunschweig den10.08.2017

Selbst eine schmerzliche Sache kann sich für dich zum Guten auswirken

Es kommt darauf an, welche Lehren du daraus ziehst und nicht immer ist ein zwanghaftes Einfordern der Gerechtigkeit der richtige Weg. Sagte nicht unser Heiland, dem viel Ungerechtigkeit widerfahren ist noch am Kreuz "*Vater, vergib ihnen, denn sie wissen nicht was sie tun*". Vergeben bringt der verletzten Seele Trost.

Das Lebenslicht

Es war zur Adventszeit, und die erste der drei schon brennenden Kerzen war schon sehr weit heruntergebrannt. Und irgendwie, da ich auch schon im Alter fortgeschritten bin, ließ es mich daran denken, wie es wohl mit meinem Lebenslicht bestellt sein mag. Ist es auch schon so weit heruntergebrannt? Sind meine Tage nur noch wenige? Hat mein Leben einen Sinn gehabt? Habe ich genügend Licht gespendet? Hatte ich eine angenehme warme Ausstrahlung? Sogleich kam mir in den Sinn: Noch brenne ich, noch kann ich Licht und Wärme geben. Ich mag einiges versäumt haben, meine Möglichkeiten nicht richtig genutzt haben. Vielleicht habe ich viele Chancen verpasst, die dieses Leben mir geboten hatte, – sie achtlos verstreichen lassen. Wenn ich weiterhin nichts tue, dann habe ich die Möglichkeit der Umkehr, die uns das Sühnopfer von Jesus Christus einräumt, verstreichen lassen. Seine Liebesgabe zurückgewiesen, mir mein eigenes Urteil gesprochen.

Doch noch lebe ich! Diese Erkenntnis soll mich ermuntern, motivieren, zu guten Taten bewegen, meinen verbleibenden Rest an Zeit, gut zu nutzen. Verloren hat der, der sich aufgibt, denn er wird nicht mehr viel bewirken, sei es für andere, wie auch für sich selbst.

Gerhard Jobs
Braunschweig den 05.08.2017

Der lachende Dritte!

Ist der lachende Dritte nicht zu beneiden? Wenn zwei sich streiten, fällt dann nicht die Beute dem Dritten zu? Er kann dann leicht Gewinn machen, die Schwäche der anderen zu seinem Vorteil nutzen. Wird nicht gelegentlich sogar darauf gelauert, dass dem anderen etwas Schlechtes widerfährt und man nun in die Bresche springen oder den frei gewordenen Platz einnehmen kann? Lohnt es sich aus den Problemen, den Niederlagen anderer Gewinn zu ziehen? Wenn genügend dabei herüberkommt, hatte sich das doch gelohnt – oder nicht? Tatsächlich gibt es gelegentlich schon so ein Lauern auf die Schwächen, die Lücken, die andere freisetzen. Doch was geschieht mit mir selbst, mit meinem Denken, mit meinen Herzensabsichten? Ist nicht jeder geheime Gedanke, jedes Handeln, etwas, was den Charakter formt? Welches sind die Menschen, die wir wirklich brauchen, die nur alle Chancen für sich nutzen – oder die gemeinsam nach Lösungen suchen? Die miteinander teilen und ein gutes Gesamtergebnis, eines, das dem eigenen übergeordnet ist, entstehen lassen. Wenn einer in einem Gefüge gut ist, ist das nicht so wertvoll, als wenn es viele Gute gibt, die es gemeinsam tun. Es ist eigentlich immer besser, Lasten auf viele Schultern zu legen, als dass einer allein den Helden spielt. Was wir dringend brauchen sind mehr Menschen mit Charakter, weniger von denen mit starken Ellenbogen, dann wird unsere Zukunft sicherer, erfolgreicher und friedfertiger.

Gerhard Jobs
Braunschweig den 15.11.2017

Die alten Schuhe!

In alten Schuhen lässt es sich meist besser gehen als in neuen. Sie haben sich deinen Füßen und deiner Art zu gehen, gut angepasst. Wenn auch ihr Äußeres schon gelitten hat, möchtest du noch nicht auf sie verzichten. Und doch kommt der Tag, wo du ein paar neue Schuhe haben musst.

Dein dir liebgewonnenes Leben möge endlos weitergehen. Du kommst gut damit zurecht, es ist dir zur Gewohnheit geworden. Und doch kommt der Tag, wo du einsiehst, dass du ein paar "neue Schuhe" brauchst.

Und nun beginnt die Suche nach den besten, gut aussehenden und auch für dich erschwinglichen Schuhen.

Irgendwann siehst du ein, dass das mit dem jetzigen Leben nicht mehr lange so weitergehen kann, Veränderung muss her.

Das Beste für dich und dein Leben ist, dich auf den zu verlassen, der dir einen Plan für deinen Lebensweg gegeben hat. Diese "Schuhe" werden nie unmodern, verlieren nicht ihren Glanz und führen dich sicher ans Ziel. Denn dieser Weg kommt von IHM, unserem Erretter, der ihn selbst auf der Erde gegangen ist – und sollte es zu schwer für dich werden, wird er dich tragen.

Gerhard Jobs
Braunschweig 15.11.2017

... sind wir dankbar?

Sind wir dem Herrn dankbar, dass er uns durch Lebenssituationen zu Veränderungen rät, ja sogar drängt. Er kennt unser Potenzial.

Die Schubladen mit den alten Erinnerungen

Es ist gut, wenn man gewisse Dinge aufbewahrt, die einem viel bedeuten. Die im richtigen Augenblick, wieder herausgenommen werden sollten, um sich an Gutem zu erinnern und daran zu erfreuen. Oder, die uns zeigen, wie leidvoll eine Sache war.

Manchmal haben wir auch Schubladen, in denen wir Handlungen, Erlebnisse und Verhaltensweisen von Menschen aufbewahren, die uns seinerzeit bewegt und ergriffen haben. Und wir sind geneigt, sie im richtigen Augenblick hervorzuholen und in ein Gespräch einzubringen. Wenn es gute Dinge sind, geht keine Gefahr davon aus, sind es Dinge, die nicht gut sind, könnten die Folgen schon gravierender sein.

Die materiellen Dinge, die man aufbewahrt hat und an denen Erinnerungen hängen, haben für uns einen recht konstanten Wert. Diese Dinge und auch unsere Gedanken daran ändern sich in der Regel nicht.

Handelt es sich aber um Menschen, darf man nicht vergessen, dass Menschen keine Gegenstände sind, Menschen können sich ändern. Und wie schlimm ist es, wenn man das Schlechte, was Menschen auch getan haben mögen, wieder an das Tageslicht zieht, wenn dieser Mensch sich inzwischen gravierend geändert hat. Dies gilt für beide Richtungen. Menschen können sich zum Guten wie aber auch zum Schlechten hin ändern. So kann ein ehemals schlechter Mensch einen Stempel bekommen, obwohl er sich schon geändert hat und wirklich gut geworden ist. Allerdings gibt es auch das Gegenteil, dass ein guter Mensch sich zum Schlechten hin verändert hat und man ihm ein Vertrauen schenkt, dessen er eigentlich nicht mehr würdig ist.

Nehmen wir ein Beispiel aus der Heiligen Schrift. Saulus, der die Christen verfolgte und ihnen viel Böses angetan hatte, wurde zu Paulus. Dieser Paulus hat viel Gutes getan und hat sich selbst vielen Qualen und Verfolgungen aussetzen müssen.

Ein Fazit für uns: Bevor wir urteilen, sollten wir wissen, wer ist dieser Mensch, von dem ich spreche, und dabei bedenken: Kenne ich denn alle Hintergründe seines Lebens und alle Handlungen von ihm? Und weiß ich, was aus ihm noch werden kann? Wie viel Leid ist schon durch falsche Beurteilung entstanden. Arbeiten wir lieber, wie man es auch in der Heiligen Schrift lesen kann, an dem Balken im eigenen Auge, bevor wir uns um die Splitter im Auge des Nächsten kümmern.

Gerhard Jobs
Braunschweig den 15.11.2017

Wer kennt deinen Wert?

Ja, oft trügt der erste Eindruck und man wird einer Kategorie zugeordnet. Doch auch unser Verhalten kann Menschen zu falschen Schlüssen verleiten und man trägt selbst zu einer falschen Einordnung mit bei. Denn wer ist ganz frei davon und wird keine Einordnungen vornehmen?!

Wir haben eine Welt voller Probleme!

Die Meinungsvielfalt ist sehr groß, das Diskutieren nimmt kein Ende, Klarheit erlangt man nicht, höchstens den kleinsten gemeinsamen Nenner – und wie weit ist er doch von der optimalen Lösung entfernt. Und doch gibt es die optimale Lösung, wenn man auf den hören würde, der alles erschaffen hat.

Er hat uns mit der Aufforderung zur Nächstenliebe, mit seinen richtungweisenden Geboten, mit dem Angebot vom Heiligen Geist geführt zu werden und der Möglichkeit persönliche Offenbarung zu erhalten, Mittel an die Hand gegeben, die uns sicher durch dieses Erdenleben führen. Die Heilige Schrift legt Zeugnis davon ab, solange man den Empfehlungen,

Anweisungen und Ratschlägen des Herrn befolgte, erging es seinen Kindern, den Völkern dieser Erde, wohl. Wie würde unsere Welt aussehen, wenn jeder Einzelne auf das Wohl seines Nächsten bedacht wäre? Wenn ganze Völker, friedlich, im Austausch mit ihren materiellen und geistigen Schätzen einander dienen würden? Gleichberechtigt nebeneinander, sich um die Geschehnisse dieser Welt kümmern würden, ohne Vorteilsnahme, sondern mit dem Ziel, dass jeder in gewissem Maße ein Gewinner ist. Dann hätten wir wirklich schon das Paradies auf der Erde. Ist das wirklich so unmöglich?

Kann der Mensch nicht wirklich über seinen eigenen Schatten springen und nach Gemeinsamkeit streben, sodass ein friedliches Miteinander möglich sein würde?

Auch wenn es sehr viel Überwindung, Rücksichtnahme und Nächstenliebe erfordern würde, es wäre doch möglich. Lohnt sich das denn nicht, auf dieses Ziel hinzuarbeiten? Wie viel Leid bliebe uns Menschen erspart? Welch ein wertvolles Leben stünde uns zur Verfügung. Anfangen muss jeder bei sich selbst.

Und je mehr sich daran beteiligen würden, um so wahrscheinlicher ist es, sodass, was sonst nur ein Traum sein würde, Wirklichkeit wird.

Gehard Jobs
Braunschweig den 21.05.2017

Kennst Du den Wert der Frauen, den der Mütter?

Die Nacht durchwacht, die Augen kaum geschlossen.
Jemanden, den ich liebe, habe ich die vom Fieber heiße Stirn gekühlt.
Der Morgen war da, und ich noch sehr müde, habe wieder unverdrossen,
die Kinder geweckt, Frühstück gemacht und auch noch das Geschirr gespült.
Die weitere Arbeit des Tages wartete noch auf mich.
Da kam eine helfende Hand, eine raue Hand, das konnte nur die meiner Mutter sein.
Sie wusste um der Frauen Los, die Pflicht einer Mutter, – sie ließ mich nie im Stich.
Sie fasste zu, ging mir zur Hand, in beinahe jeder Lebenslage, – ich war nie allein.
Wenn es etwas gibt, womit Gott seinen Kindern eine große Hilfe ist, sind es die Frauen, sind es die Mütter.
Ist uns je bewusst geworden, warum der Herr Adam, Eva zur Seite hat gestellt?
Somit ist sogar schwere Arbeit, auch große Not, erträglicher, nicht mehr so bitter.
Haben selbst die Männer nun begriffen, – auch die Frauen sind maßgebliche Gestalter dieser Welt?!

Gerhard Jobs
Braunschweig 13.05.2017

Einflussnahme

Nicht jedem Einfluss kann ich mich entziehen.
Ob die Sonne scheint oder ob es schneit, ob Nebelschwaden ziehen
oder der Mond uns erleuchtet den nächtlichen Weg. Das meiste was
auf uns einwirkt kann man nicht bestimmt, unsere Reaktion darauf,
die liegt in unserer Hand.

Der Staat und seine Bürger

Die Stärke eines Staates steht und fällt mit seinen Bürgern!
Deren Charakterbildung und Verantwortungsbewusstsein, wie auch
deren Bekenntnis zu guten Werten und das Anerkennen göttlicher
Werte bestimmen im Wesentlichen die Qualität des Staates, in dem
wir leben.

Ja, wir haben eine Welt voller Probleme!

Die meisten Probleme sind hausgemacht. Warum sind wir Menschen
nicht friedfertig, voller Liebe, und vermeiden jeglichen Streit. Warum
erfreuen wir uns nicht am Erfolg anderer? Doch leider vergleichen wir
uns argwöhnisch mit ihnen. Muss es so große Unterschiede geben
zwischen Arm und Reich? Welchen Wert hat für uns noch das Wort
Nächstenliebe? Mit ihr ließe sich fast alles lösen.

Es könnte auch ander sein

Die Menschen sind das Problem. Sie sind leider zu oft auf ihren
Vorteil bedacht. Mehr "**wir wollen**", weniger "**ich will**", könnte schon
helfen.

Der Weihnachtsstollen

Es war Heiligabend, kalt, etwa fünf Grad minus. Der Wind hatte wieder aufgefrischt und Schneetreiben hatte eingesetzt. Vielleicht waren es fünf oder sechs Personen, die noch auf ihren Zug warteten, der sie noch zu ihrem gewünschten Ziel bringen sollte. Frau Christa Mettmann war nicht mehr die Jüngste, aber rüstig genug, ihre alte und vom Leben gezeichnete Mutter besuchen zu können. Ihre Mutter lebte in einer kleinen Wohnung und konnte sich immer noch behelfsmäßig versorgen. Wie abgesprochen, wollte Frau Mettmann mit ihren kleinen Geschenken und einem Kuchen ihre Mutter erfreuen, denn für ihre Mutter war es schon sehr schwierig, ihre Tochter zu besuchen.

Und da kam sie, die Hiobsbotschaft, in Form einer Lautsprecheransage:" Bis auf weiteres muss der Zugverkehr vorübergehend eingestellt werden, da wetterbedingte Störungen im Schienenverkehr sich ergeben haben. "Was nun? – und das am Heiligen Abend!" Frau Mettmann stand wie versteinert da. "Mutter erwartet mich doch." Auch das Nachfragen am Schalter brachte ihr keine weitere Klarheit, von einer Lösung ganz zu schweigen. Es ist höhere Gewalt.
Frau Mettmann versuchte ihre Mutter von ihrem Handy aus anzurufen, doch sie konnte sie nicht erreichen. Kurz entschlossen stieg sie in ein Taxi, erzählte in ihrer Erregung dem Taxifahrer was vorgefallen war und bat den Taxifahrer sie nach Hause zu fahren. Irgendwie fühlte der Taxifahrer die Sorge und Hilflosigkeit von Frau Mettmann. "Wo wohnt denn ihre Mutter?", fragte er. "In Nortorf bei Neumünster, in der Kieler Straße 3." "Dahin kann ich sie nicht fahren, das sind ca. 150 Kilometer, das können sie nicht bezahlen." "Ja, ich weiß, ich will auch nur noch nach Hause, zur Leonardstraße 20, bitte." Der Taxifahrer schwieg und dachte nach – auch ich bin allein, mein einziges Kind, mein Sohn, ist weit weg und meine Frau hat mich schon vor Jahren durch ihr frühes Hinscheiden, allein gelassen.
Gute 2 Stunden später klingelte es an der Tür von Christa Mettmann. "Hab ich etwas vergessen oder Sie nicht recht bezahlt?" "Es ist alles in

Ordnung", sagte der Taxifahrer, der vor ihr an der Tür stand. "Ich möchte Ihnen eine kleine Weihnachtsfreude machen. Darf ich hereinkommen?" "Bitte, kommen Sie doch herein." Er stellte den mitgebrachten Laptop auf den Tisch und startete ihn. Frau Mettmann schaute gespannt, vielleicht ein bisschen verunsichert, auf den Laptop, denn mit diesem technischen Gerät, war sie nicht vertraut. Nach einigen Minuten war ein Bild von einer alten Frau zu sehen. "Nein, wie ist es denn möglich? Das ist ja meine Mutter! Ich höre sie sprechen, sie winkt mir zu, das ist ja unglaublich!" Wie gerührt auch ihre Mutter war, konnte man daran sehen, dass sie sich mit einem Taschentuch die Tränen aus ihrem Gesicht wischte. Frau Mettmann war vor Begeisterung beinahe daran, den Laptop umarmen zu wollen. Der Sohn des Taxifahrers, war von seinem Vater veranlasst worden, die Mutter von Frau Mettmann aufzusuchen. Er wohnte fast unmittelbar in Ihrer Nähe und hatte an dieser Aktion viel Freude. Als die Mutter von Christa Mettmann noch erwähnte, dass der für sie fremde junge Mann ihr sogar einen Stollen mitgebracht hatte, war die Freude übergroß.

Letztlich aßen beide, Tochter und Mutter Stollen. Die Mutter, den, den der Sohn des Taxifahrers mitbrachte. Und der Taxifahrer, zusammen mit der Tochter den, den sie ihrer Mutter mitbringen wollte.

Das war eine Freude, mit unbekannten, doch lieben Menschen zusammen Weihnachtsstollen zu essen, sich zu unterhalten und sich dabei auch noch sehen zu können.

So kann, wenn Liebe und Mitgefühl Menschen bewegen, viel Gutes daraus entstehen. Es waren vier Menschen nicht allein. Sie hatten einen etwas turbulenten aber doch angenehmen" Heiligen Abend."

Gerhard Jobs
Braunschweig den 02.11.2017

Freude schenken

Sie war so glücklich, ihr war ihre Freude deutlich anzusehen. Sie lächelte, ihre Augen strahlte, ich war davon sehr berührt. Was doch ein wenig Freundlichkeit, Hilfsbereitschaft und ehrliche Zuwendung bewirken kann!

Gemeinsamkeit

Die größte Freude ist es doch, wenn auch noch jemand sich mit dir freuen kann.
"Gemeinsam freut es sich besser!"

Pummelchen!

Heute ist unser Abiball und mein Bruder wird mich begleiten.
Natürlich ist mir aufgefallen, dass keiner der jungen Männer aus
unserer Klasse mich als Begleitung ausgewählt hatte. Eigentlich
waren wir eine ganz fröhliche Gruppe und verstanden uns
untereinander recht gut. Wenn es aber um ein bisschen mehr als um
das Oberflächliche ging und es nicht nur die Schularbeiten betraf, war
ich nicht sehr gefragt.
Ja, die Schlankste war ich nicht, das wusste ich selber. Mit mir konnte
man keinen Staat machen, ein Hingucker war ich nicht. Mittlerweile
hatte ich mich schon daran gewöhnt; doch gab es Augenblicke, wo
mich das schon sehr berührte.
Heute war wieder einmal so ein Abend, meine Eltern und mein Bruder
waren noch im Wohnzimmer. Ich hatte mich schon zurückgezogen,
saß vor meinem Schreibtisch, meine Arme verschränkt und meinen
Kopf darauf gelegt. In etwa einer Stunde werden mein Bruder und ich
dann zum Abiball gehen. Hab ich eigentlich Lust? Was werden sie
denken, meine Mitschüler, wenn ich mit meinem Bruder komme.
Sagen würden sie nichts, sich ihr Teil denken und es mir gegenüber
gut überspielen.
Ich zog mein weinrotes Kleid an, das ich für diesen Anlass hatte
anfertigen lassen, denn von der Stange kaufen, das ging schon lange
nicht mehr. Es sollte nicht zu eng, aber auch nicht zu lose sein.
Eigentlich, so meinte ich, sehe ich darin doch gar nicht so schlecht
aus. Doch das, was die anderen Mitschülerinnen oder die Mitschüler
dazu sagen werden, das ist bestimmt etwas ganz anderes. So war ich
innerlich schon sehr angespannt, ein wenig deprimiert und doch auch
irgendwie verpflichtet, zu dem Abiball zu gehen.
Es klopfte an der Tür und mein Bruder fragte: "Bist Du schon fertig
angezogen? Wir müssen bald los." "Ja, du kannst hereinkommen."
Mein Bruder betrat mein Zimmer und sagte: "Darin siehst Du noch
ganz passabel aus." Und ich bin mir sicher, dass er dies auch ehrlich
gemeint hat.
Mein Bruder hatte unseren Wagen vorgefahren, und ich konnte
einsteigen. Der Saal war schon recht gut gefüllt und schnell hatten wir

unseren Platz an einem längeren Tisch gefunden. Ich tanzte nun schon überwiegend zwei Stunden nur mit meinem Bruder. Zweimal hatte ich in dieser Zeit die Gelegenheit gehabt, von einem Klassenkameraden und einem mir unbekannten Fremden zum Tanz aufgefordert zu werden. Irgendwie auch verständlich, denn jeder hatte seinen Partner ja mitgebracht.

Eigentlich verlief der Abend für mich recht angenehm. Als ich mir noch ein zweites Stück Kuchen geholt hatte, merkte ich, dass etliche Blicke mich trafen; und ich wusste genau was sie dachten.

Denn oftmals hatte ich den mehr oder weniger gutgemeinten Hinweis gehört: "Um dick oder dünn zu werden, brauchst du nur viel oder wenig, das Falsche oder das Richtige zu essen. Vielleicht reicht es ja auch, nur die richtige Auswahl zu treffen bzw. das richtige Maß zu finden. Auch Bewegung kann nicht schaden."

Richtig peinlich wurde es mir, als der Conférencier des Abends die Gewinne der Tombola bekanntgab. Auch ich hatte einen Preis gewonnen und wurde nach vorne gebeten, um ein Geschenk, eine große, dicke Mettwurst zu erhalten. Dabei wählte er die folgenden Worte: "Nicht jedes Geschenk ist für jeden gut geeignet." Großes Gelächter und ein lautes Jubeln entstanden im Saal. Ich stand da, Tränen liefen über mein Gesicht, ich senkte meinen Kopf und ging zu meinem Platz. Das Gelächter und der Jubel wurden leiser. Doch der Conférencier legte noch nach: "Pummelchen, sei doch nicht so empfindlich, du bist nun halt mal dick."

Ein junger Mann ging nach vorne, nahm dem Conférencier das Mikrofon aus der Hand und sagte: "Clarissa, ich entschuldige mich dafür, was Du Dir hast anhören müssen. Ich möchte hier öffentlich bekunden, als ich neu zu dieser Schule, in deine Klasse kam, warst Du es, die mir geholfen hat mich zurechtzufinden. Und als ich den Unfall hatte, warst Du es, die mir den Lehrstoff brachte und mit mir geübt hat. Auch möchte ich sagen, dass das Äußere nur ein Teil des Menschen ist, und wer ist schon ohne Fehl? Er zog seine Hosenbeine bis weit über die Knie hoch und sagte, sehen Sie, ich habe zum Beispiel starke O-Beine, darum trage ich ungern enge Jeans.

Zum Conférencier sagte er: "Und nicht jedermann hat so viel
Taktgefühl, wie er eigentlich hätte haben müssen." Dann gab er ihm
das Mikrofon zurück.
Dies wurde einer meiner schönsten Abende. Noch viele tanzten mit
mir und brachten mir ihre Gefühle und Anteilnahme zum Ausdruck.
Das Wort "Pummelchen" war mir irgendwie fast schon lieb geworden.

Gerhard Jobs
Braunschweig den 23.11.2017

Zivilcourage

Im richtigen Augenblick sich für seinen Mitmenschen einzusetzen,
kann ihm eine Hilfe sein und sogar Schmerzen lindern und vieles zum
Guten wenden.

Als sie meine Hände hielt

Als sie meine Hände hielt und mich anlächelte und ich ihr ewige
Treue schwor, da wusste ich noch nicht, was mich erwartet. Ein Leben
zu zweit, mit Kindern und der daraus erwachsenden Verantwortung.
Ich war ja so verliebt. Heute weiß ich mehr! Und doch würde ich es
wieder tun. Denn meine Entwicklung verdanke ich zum größten Teil
dieser Liebe mit ihren prägenden Herausforderungen.

Wenn man das vorher gewusst hätte!

Haben Sie solche Gedanken nicht schon einmal gehabt? Wie gut hätte man sich vorbereiten können, wenn man schon vorher gewusst hätte, was einen erwartet.

Was soll man tun? Alles auf sich zukommen lassen? Oder auf alles nur Mögliche sich vorbereiten? Der Möglichkeiten sind zu viele. Auch hat man nicht genügend Zeit, sich auf die Vielfalt des Lebens vorzubereiten.

Tatsächlich ist es schwer, fast unmöglich, sich auf alle Eventualitäten des Lebens vorzubereiten. Und doch ist es gut, auf so viel wie möglich vorbereitet zu sein. Wenn man beispielsweise seinen Körper gesund und kräftig erhält, kann man körperliche Anstrengung viel besser meistern und diese kommen doch irgendwann immer. Wenn man seinen Geist schult und beweglich hält, ist man besser geeignet auch neue Probleme leichter zu lösen.

Es ist auch gut, mit offenen Augen durch das Leben zu gehen, denn viele Dinge, die auf einen zukommen, kündigen sich schon vorher an. Weniges kommt nur abrupt, also sofort.
Auf so viel wie möglich vorbereitet zu sein, ist ein Teil der Schule des Lebens. Und vieles kann man an dem Leben anderer, schon vorher für sich erkennen. Was es zum Beispiel bedeutet alt zu werden. Auch die Folgen von Faulheit und Lustlosigkeit werden uns doch deutlich vor Augen geführt?

Vieles kann man also aus der Geschichte der Menschen, den heiligen Schriften, die den Umgang mit Gott aufzeigen und den Belehrungen unserer Vorfahren, speziell denen unserer Eltern, lernen.
Nicht umsonst hat uns unser himmlischer Vater in eine Familie gestellt, denn nirgends ist man sich so nah und so vertraut.

Ein gutes Beispiel für Vorbereitung ist auch das Gleichnis der zehn Jungfrauen, das ich als Nachspann meinen Ausführungen hinzufügen werde.

Auf eine kurze Formel gebracht: An sich zu arbeiten und sich auf die Eventualitäten des Lebens vorzubereiten, ist besser, als nur in den Tag hinein zu leben.

Das Gleichnis der zehn Jungfrauen (Matthäus 25: 1-13)

Gerhard Jobs
Braunschweig den 19.11.2017

Halte die Augen offen

Wenn du vor den Dingen des Lebens die Augen verschließt, magst du das Gute wie auch das Schlechte nicht sehen und du glaubst in einer sicheren Welt zu leben – doch ändert das nicht die Wirklichkeit und ganz sicher wirst du dich dieser stellen müssen.

Wie gut ist es einander nahe zu sein?

Wenn ich Menschen nicht kenne, bedeuten sie mir in der Regel nicht allzu viel. Sie sind nur einige von vielen. Sind sie mir aber bekannt, sehr nahe und nehmen Anteil an meinem Leben, dann haben wir großen Einfluss aufeinander.

Darum kommt es sehr oft vor, dass Menschen, die miteinander Freundschaft pflegen oder sogar heiraten, oft aus dem näheren Umfeld kommen. Nähe lässt in uns Beziehungen entstehen, die uns einander wertvoll sein lassen, sodass sie sich sogar lieben – aber sich auch ablehnend gegenüberstehen oder einander sogar hassen können.

Welche Kraft doch die Nähe haben kann. In Vereinen, Parteien, Kirchen usw, geht es viel friedlicher zu, wenn sich die Menschen darin nur gelegentlich sehen oder relativ wenige Berührungspunkte miteinander haben. Sind sie aber durch ihre Aufgabe oder die Art des Vereinslebens dazu veranlasst, sich intensiv miteinander zu beschäftigen, also Umgang zu pflegen, sind vielmehr Extreme zu erwarten. Denn viel besser erkennt man dann die Absichten, die Gepflogenheiten oder sogar den Charakter einer Person. Dieses fordert einen viel mehr heraus, und es verleitet einen dazu, in besonderer Weise zu reagieren.

So sehen wir, dass Nähe viele Vorteile, aber auch Nachteile bringen kann. Wie könnte ich einen Freund oder eine Freundin, einen mir wirklichen wertvollen Menschen finden, ohne Nähe? Wie kann ich eine Ehe führen, in einer Familie glücklich sein ohne Nähe? Wie wir uns schon denken können, kann Nähe auch anderes, nicht nur Gutes bewirken. Dass man nicht miteinander leben möchte, den anderen nicht mehr ertragen kann, seine Gewohnheiten als furchtbar empfindet.

Sicher kann man mit so ein paar Zeilen den wirklichen Wert der Nähe nicht beschreiben.

Und doch, wenn ich entscheiden müsste oder einen Rat geben dürfte, würde ich die Nähe zueinander bevorzugen, für wertvoll halten. Denn vieles lässt sich nicht ohne Nähe ertragen, durchführen und erleben. Keine Nähe haben heißt, in einer großen Menge von Menschen zu leben und doch in Wirklichkeit keiner von ihnen zu sein. Irgendwie nur eine Nummer, ein unbedeutendes Teil einer großen Masse. Außerdem bringt Nähe uns in die Situation, an uns selbst arbeiten zu müssen, Toleranz und Nächstenliebe zu üben, Ärger, Wut und Hass entgegen zu wirken, sich also beherrschen zu lernen und möglichst viel Gutes Gemeinsames erleben zu wollen.

Wie kann man Nähe haben, sie genießen, und doch möglichst wenig Unangenehmes oder gar Schreckliches erleben müssen? Die Liebe füreinander ist das beste Mittel, die Nähe zueinander nicht nur ertragen zu können, sondern sie sogar zu genießen.

Ja, die Liebe, ist wieder einmal das beste Mittel, sodass Menschen gut miteinander leben können. Wenn nun möglichst viele diese Liebe hätten, würde es kaum ernstliche Probleme geben, und wir würden einander wertschätzen.

Um die Kraft der Liebe noch einmal hervorzuheben, möchte ich in diesem Zusammenhang auf eine Schriftsteller aus dem Neuen Testament hinweisen.

1. Korinther 13:
4. Die Liebe ist langmütig, die Liebe ist gütig. Sie ereifert sich nicht, sie prahlt nicht, sie bläht sich nicht auf.
5. Sie handelt nicht ungehörig, sucht nicht ihren Vorteil, lässt sich nicht zum Zorn reizen, trägt das Böse nicht nach.
6. Sie freut sich nicht über das Unrecht, sondern freut sich an der Wahrheit.
7. Sie erträgt alles, glaubt alles, hofft alles, hält allem stand.

. . . und wem es gelingt in dieser Art zu lieben und zu leben, dem wird die Nähe auch kostbar sein.

Gerhard Jobs
Braunschweig den 19.09.2017

. . . als ich jung war

Als ich jung war, war mir keine gut genug und ich war einsam, als ich alt war, wäre mir beinahe jede gut genug, aber keiner wollte mich jetzt und ich war einsam. Falsche Eitelkeit und verpasste Chancen haben mich einsam gemacht.

Gemeinsamkeit

Gelegentlich ist es gut allein zu sein, aber auf lange Sicht ist Gemeinsamkeit viel erbauender und viel beglückender.
. . . erkenne in deinen Mitmenschen etwas Wertvolles.

So geht es nicht weiter! Oder doch?

"So geht es nicht weiter. Das muss sich ändern!" Manchmal bedarf es einer gewissen Erkenntnis oder Schmerzgrenze, sodass man sich zu solchen Äußerungen hinreißen lassen kann. Gelegentlich hilft auch eine beiläufige Äußerung eines mir wertvollen Menschen, damit ich mein Handeln infrage stelle.

Tatsächlich wird das Leben nicht so gleichmäßig von uns gelebt, irgendwie gibt es immer ein Bergauf und ein Bergab.

Interessant ist zu sehen, wie nachhaltig unsere Reaktion auf diese neue Erkenntnis ist. Ob es uns wirklich ernst ist, die gewünschte Änderung vorzunehmen. Ein wenig wird hierdurch unser Charakter offenbar. Es gibt Menschen, die regen sich über etwas auf, brausen kurz auf, und dann fällt alles wieder in ein Nichtstun zusammen.

Wie wird sich unser weiteres Leben gestalten? Und welche Qualität wird es haben? Wird es von Änderungen geprägt sein? Oder verlieren wir uns wieder in dem täglichen Einerlei? Bis wieder einmal ein Aufschrei kommt, mit der Absicht sich ändern zu wollen?

Wenn man sich persönliche Ziele setzt, also über sein Leben öfter nachdenkt, lässt sich mancher Aufschrei ersparen. Und man gibt seinem Leben eine Richtung.

Erfolg zeigt sich dadurch, was man ausgebaut oder verändert hat, zumindest aber auf dem guten Weg geblieben ist und sich nicht hat hinabziehen lassen. Wie wichtig ist es doch, die Erfahrungen anderer Menschen, die einem gut gesinnt sind, für sich zu nutzen. Besser noch ist es, dem göttlichen Plan des "Glücklichseins" zu folgen. Gott, weiß was wir benötigen. Er weiß, was uns bevorsteht und was wir zu meistern haben. Ihm können wir vertrauen, denn er liebt uns, gibt uns durch von ihm berufene Propheten auch heute Führung und Leitung. Folgen wir diesen und damit seine durch sie gegebenen Anweisungen und Gebote. Dann braucht es zu keinem großen Aufschrei zu kommen, weil wir schon rechtzeitig die notwendigen Korrekturen vorgenommen haben.

So bleibt mir nur, uns ein erfolgreiches, gutes, bewusst geplantes Leben zu wünschen. Verbunden mit vielen weiteren, uns von unserem Schöpfer geschenketen Lebensjahren.

. . . bis wir einst vor unserem Schöpfer stehen und uns wieder sehen.

Gerhard Jobs
Braunschweig den 09.01.2019

Unsere Familie

(. . . in eigener Sache. Den Wert einer Familie kann man nicht hoch genug einschätzen!)

Bei meiner Familie sind es meine Ehefrau und ich, unsere drei Kinder und unsere 15 Enkelkinder. Bei allem Auf und ab Ab das es immer gibt, wenn Menschen nah miteinander verbunden sind, habe ich für mich festgestellt, dass es keine bessere Verbindung zwischen Menschen gibt, als sie in der Familie zu finden ist. Über die biologische Verbindung hinaus ist es auch ein geistiges Zusammengewachsen, das uns einander wertvoll sein lässt. Wenn man gelernt hat, nach dem von unserem Schöpfer uns gegebenen Richtlinien zu leben, sind dies dafür die besten Voraussetzungen.

Vieles könnte ich aufzählen, was die Eigenschaften, Talente und Wesenszüge der einzelnen Familienmitglieder ausmacht. Doch das wäre zu persönlich, um es öffentlich auszusagen und letztlich kann es nur der verstehen, der uns nahe genug ist.

Aber ich kann bestätigen, dass der Wert der Familie für die Gesellschaft, für den Staat, letztlich für alle Menschen unentbehrlich ist. Wo kann man mehr Trost, mehr Zuspruch erhalten? Nirgends in der Gesellschaft wird man besser getragen, als in der eigenen Familie. Das kommt allerdings nicht von selbst, dazu muss man einen Beitrag leisten. Auch ist es klug, den zu fragen, der die Familie verordnet hat, – unseren Schöpfer.

Gerhard Jobs
Braunschweig den 24.01.2018

Jedes meiner Bücher hat seinen eigenen "Charakter"

Lieben Sie es besinnlich? Romantisch? Mögen Sie es über besonders
ausgefallene Ideen und Gedanken nachzudenken? Nicht nur im
alltäglichen Allerlei zu verbleiben, dann könnten Sie
vieles davon in meinen Büchern erleben. z.B in:

"Befreiung für die Seele!"

"Gedankensplitter"

"Liebe, Hoffnung, Verständnis und Dankbarkeit
... lassen uns leben."

„Die Treppe zur Ausgeglichenheit,
zum Erkennen der wirklichen Werte im Leben"

„Nicole, eine besondere Frau?"

Einfach nur im Buchhandel oder im Internet, z. B. bei BoD - - -
- bestellen.

Weitere Informationen zu den Werken und zur Person des
Verfassers sind unter **www.jobs-geometrie-natur.de** für
Sie bereitgestellt.